バベルの古書
猟奇犯罪プロファイル　Book 1《変　身《メタモルフォーゼ》》

阿泉来堂

角川ホラー文庫
23829

目次

プロローグ 5
第一章 16
第二章 65
第三章 103
第四章 148
第五章 185
第六章 246
エピローグ 261

人物紹介

加地谷悟朗《かじやごろう》　荏原警察署刑事課強行犯係の刑事。階級は巡査部長。頑固で口が悪い。連続殺人鬼グレゴール・キラーへの復讐《ふくしゅう》に燃えている。

浅羽賢介《あさばけんすけ》　荏原警察署の新米刑事で加地谷の相棒。見た目も中身も軽薄で女性とオカルトが大好き。祖母と妹と三人暮らし。

天野伶佳《あまのれいか》　北海道警察捜査一課捜査支援分析室所属の刑事。グレゴール・キラー事件の捜査に応援として参加。

戸倉孝一《とくらこういち》　荏原市に引っ越してきた青年。家族のもとを離れ、新しい生活を始める。

白川葵《しらかわあおい》　カフェでアルバイトをしている大学生。ひょんなことから孝一と知り合う。

戸倉依子《とくらよりこ》　孝一の従姉妹。

プロローグ

目を覚ますと、辺りは闇に包まれていた。

深く、暗い洞穴を連想させる冷たい空気が一秒ごとに全身の体温を奪っていく。

「ここは……」

ぽつりとつぶやいて、加地谷悟朗《かじやごろう》は起き上がろうとした。だが、思うように身体が動かない。息をひそめて自身の状況を確認すると、両手を結束バンドで縛られていることがわかった。

「……クソが」

小さく漏れた言葉は、こんな状況に自分を追い込んだ相手ではなく、むざむざとこんな状態に陥ってしまった自分のダメさ加減に対してだった。

殴られでもしたのか、こめかみの辺りがじりじりと痛む。そのことに顔をしかめながら、暗闇に慣れてきた目で周囲を見回すと、この場所が打ち捨てられた廃墟《はいきょ》のような場所であることがわかってきた。どこからともなく漂ってくる饐《す》えた臭いや、こびりついた油の匂い。そして湿った埃《ほこり》の匂いもする。かつては飲食店でも営まれていたのだろう。広々とした室内には、備え付けのテーブルやカウンターが残されていた。タイルが剥《は》がれ、むき出しのコンクリートに寝かされた自身の状況を改めて確認し、加地谷はその身をよじって体勢を変えた。

あおむけになって見上げると、あちこち染みだらけの天井にはかすかに、街の明かりが差し込んでいる。そのうすぼんやりとした光を見つめているうち、徐々に記憶がよみがえってくる。

――そうだ。俺は奴を追いかけていて……。

捜査中の連続殺人犯が、次に事件を起こすであろう地域に当たりをつけ、加地谷は相棒と共に警らに当たっていた。すると、待ち構えていたかのように、自然公園で女性が襲われたという通報が入った。相棒と共に現場へ急行すると、その途上で横転しているオートバイと持ち主と思《おぼ》しき中年の男性を発見。話を聞くと、

「男がいきなり飛び出してきたんだ。避《よ》けようとしたけど接触しちまって……声をかけたら、慌てて逃げていって……」

暗がりから飛び出してきたその男は、転倒したライダーを介抱することなく繁華街の方へと走っていったという。

すぐにピンときた。男が出てきたのは国道沿いにある自然公園で、夜間は星がよく見えると評判のスポットだった。それを目当てに若いカップルが忍び込んだり、そのカップルを襲うヤバい連中が現れたりという噂もある。少なくとも、深夜に一人で用もなく訪れる場所ではない。

ちょうど同僚の捜査員が現場に到着したと無線が入ったので、通報のあった女性はそちらに任せ、相棒と共に繁華街へ向かった。救急車を呼んでくれと嘆き、いい年をしてべそをかいていた中年ライダーから男の特徴を聞き出したが、全身黒い服装でキャップを目深にかぶっていたこと以外、めぼしい特徴は得られなかった。だが、バイクと接触した際に片方の足に怪我を負った様子だったらしいので、不自然な歩き方をしている奴がいればすぐにわかる。

そう踏んで、繁華街を駆けまわった。

「悟朗さん、見つけました！　二番通りを北へ向かっています」

ほどなくして相棒の声が無線機から響き、加地谷は内心でガッツポーズをした。

「逃がすなよ！　俺は三番通りから回り込む！」

「了解！」

短いやり取りをしてから、全力で通りを駆け抜けた。金曜の夜、会社帰りの酔っ払いや、まだ未成年にしか見えない姉ちゃんを押しのけ、しつこく迫るキャッチの男を突き飛ばしながら角を曲がった。

「垣内《かきうち》、どこだ？」

無線で呼びかけると、なにやらもごもごと聞き取れない言葉が返され、その後無線が切れた。

「垣内！」

再び呼びかけながら、二番通りと三番通りが交差する通りを見渡した。駅前通りの向こうには静まり返ったビルが立ち並び、繁華街のネオンに照らされた墓標のような姿が虚《むな》しく浮かび上がる。

反射的にそちらへと駆け出し、加地谷は人通りの失《う》せたビル街へと差し掛かった。

「どこいった！　おい、垣内！　応答しろ！」

何度呼びかけても、答える声はない。加地谷らのやり取りを聞いていた同僚たちもこちらへ向かっているが、それを待っている時間がないことは明らかだった。

背筋を、冷たい感触が撫《な》でていく。沈黙したままうんともすんともいわない無線機を忌々しく感じながら、周囲を見渡した。

ふと、何事か叫ぶような声がした。センスの良い美容室と不動産屋が並ぶ建物のちょうど真裏に、かつては商業施設が入っていたと思しき雑居ビル跡があった。よく見ると、二階のガラス窓越しに、懐中電灯の光が忙《せわ》しなく行き来している。

一も二もなく走り出し、開け放たれた裏口からビルの中へと飛び込んだ。一段飛ばしで階段を駆け上がり、目の前に現れたドアを慎重に押し開いて静まり返ったフロアを覗《のぞ》き込む。だが、その判断こそが裏目に出た。神経を研ぎ澄ませながら中の様子を窺《うかが》った加地谷は、ドアの隙間に身を潜めていた何者かによって頭部を殴打され、そのまま気を失ってしまったのだった。

「──我ながら情けねえな。クソったれ」

誰にともなく毒づいて、ゆっくりと身体を起こす。硬い床に寝そべっていたせいで、身体の節々が痛むが、致命的な怪我を負っている様子はなかった。おろしたてのスーツが泥だらけになったのは、怪我以上に痛手だったが。

「奴はどこいった……垣内は……」

まさか、やられたりしてねえよな。

嫌な想像を打ち消すように舌打ちをして立ち上がろうとしたが、両足も同様に縛られているせいで、それは叶わなかった。壁に寄り掛かる形で、どうにかして拘束を解こうとした時、窓が車のライトに照らされ、室内が一瞬だけ明るく映し出された。

──誰かいる。

加地谷が寄り掛かっている壁の対面、フロアの西側の壁際にパイプ椅子が置かれ、そこに誰かが座っていた。

一瞬、犯人かと思い身構えたが、すぐに違うと思い直す。もし犯人だったら、加地谷が目を覚まし、もぞもぞと動いているのに放ってはおかないだろう。いや、それ以前に、さっさとここから逃げ出しているはずだ。

「……ん」

人影が声を発した。息を詰め、暗闇に目を凝らすうち、加地谷はそのシルエットがよく知る相棒のものだと気づいた。

「垣内なのか？　お前、無事か？」

暗闇の中に一筋の光を見出《みいだ》したような気分で、加地谷は問いかける。

「……う……さん……」

「そうだ。俺だ。犯人はどこいった。さっさと追うぞ」

はやる気持ちで声をかけるも、垣内らしき人影は同じような呻《うめ》きを繰り返すばかりだった。加地谷はそこでようやく、目の前の人影に妙な違和感を覚えた。そこにいるのは確かに相棒の垣内に違いない。毎日、家族よりも長い時間一緒にいるのだから、気配でわかる。だが、何か様子がおかしい。

なぜはっきりと言葉を喋《しゃべ》らないのか。こちらの心配をしないのはどうしてなのか。息も絶え絶えに、かすれた呼吸音が聞こえてくるのは何故か。それに何故、パイプ椅子に座ったまま動こうとしないのか。

「おい垣内、大丈夫なんだよな……？」

問いかける声が意図せず弱気になる。身長は加地谷よりも低いが、柔道三段、空手二段の腕前を誇る垣内は、抵抗する相手を鮮やかに投げ飛ばし、涼しい顔をして手錠をかける武闘派の刑事だ。逃げた犯人を野放しにして、こんな風に大人しく椅子に座っているような呑気《のんき》な奴じゃない。なのに、どうして……。

更なる疑問を浮かべると同時に、加地谷は妙な匂いに気づいた。ツンと鼻を突く刺激臭。その正体に思い至った途端、自分の顔が青ざめていくのを確かに感じた。

「おい、返事しろよ垣内。この匂いはまさか……」

部屋が暗いせいで、はっきりと相手の様子がうかがえない。頭を殴られるような痛みがさらに増し、はやる気持ちから呼吸が浅くなる。

「……ろう……ん……すいま……せ……」

垣内が何に対して謝りたかったのか。その疑問の答えは、次の瞬間にどこからともなく響いた金属音によってかき消された。

いつの間にそこにいたのか、垣内のすぐ背後に、闇に紛れるようにして佇《たたず》む影があった。その手には、小さな光——いや、火が灯《とも》っている。

「なんだお前……お前ぇ！」

加地谷は身をよじり、怒号を上げて飛び掛かろうとしたが、手足を拘束されていてはそれもかなわない。倒れ込み、床にしたたか顔をぶつけ、口の中に鉄の味が広がった。

ライターの光に照らされた垣内の顔が、まるで生首のようにぼんやりと浮かび上がる。ひどい顔だった。もはや原形をとどめないほどに腫《は》れ上がり、鼻と口の周りには赤黒い血がこびりついている。まぶたや頰は紫に変色し、頭から流れた大量の血がシャツの首元を赤く染めていた。そして、無残なその顔は灯油と思しき液体で濡《ぬ》れ光っている。

「やめろ……」

無意識に呟《つぶや》きながら、加地谷は影の手に握られたライターが自分のものであることに気付いた。垣内の足元には、加地谷がいつも吸っている煙草の箱が落ちている。

「やめろ……おい」

虫の声一つしない秋の夜だ。こちらの訴えが聞こえないはずがない。だが黒いフードを被《かぶ》った犯人らしき男は微動だにせず、暗黒の向こうからこちらを凝視したまま、何も答えようとはしなかった。

「やめてくれ……頼む……」

そんなこと、しないでくれ。強く心の中で願い、祈るような気持ちで身体をよじる。じりじりと前に進もうとする加地谷をなおも無言で見下ろしていた影は、やがて唐突に、この状況に飽きてしまったかのように、手にしていたライターをこれ見よがしに掲げた。

重々しい沈黙。寒気がするほどの静寂。だがそれは、新たな絶望をもたらすための前兆でしかなかった。影がもう一方の手で何かを放る。がしゃ、と音がして加地谷の目の前に重たいものが転がった。鈍色《にびいろ》に光る黒い塊。垣内が携帯していた拳銃《けんじゅう》だ。

何故だ。なぜ奴は、この期に及んでこちらに拳銃を放ったのか。敵に塩を送るような真似をして、撃ち合いでもするつもりなのか。そんな疑問が頭をよぎったが、影の次なる行動を見て、その考えはすぐに消し飛んだ。

影は右手でライターを掲げ、左手でそれを指差す。それから、加地谷の前に放り投げた拳銃を指差し、その指を、ゆっくりと垣内の眉間《みけん》の辺りに運んだ。

撃て、と。そう言っているのだ。さもなくば、火をつけて垣内を殺すと。

相手の思惑に気づいた瞬間、加地谷の全身に怖気《おぞけ》が走った。五体の感覚を丸ごと奪われたみたいに力が入らない。このクソ野郎は、相棒の命を弄《もてあそ》ぶばかりか、火をつけて焼き殺すか、仲間の手でひと思いに死なせるかの選択を加地谷に迫っているのだ。

「クソ……この野郎……てめえ！」

加地谷は呪詛《じゅそ》に似た声を絞り出す。

目の前に転がった拳銃を思い切りぶっ放して奴をハチの巣にしてやりたかった。だが奴は、その可能性を見越してか垣内の背後に回り込み、腕だけをぬっと前方に伸ばして人質の鼻先にライターを突きつけている。これでは、垣内を傷つけずに奴を撃つことなどできない。

わずかな時間、膠着《こうちゃく》状態が続いた。一秒が一分にも十分にも感じられるような苦痛めいた時間が、ゆっくりと過ぎていく。

影はただじっと沈黙したまま、こちらを窺っている。垣内を盾にして、自分は安全圏に立ったまま、嘲《あざけ》るように加地谷を見下ろしている。そのことが、気配で伝わってきた。

「か……じ……」

静まり返った空間に、垣内の声が——しわがれかすれた声が響いた。ぷんと鼻を突く灯油とまじりあい、流れた血が顎《あご》を伝って滴り落ちる。

血走った垣内の眼からは、耐え難いほどの恐怖が感じられ、加地谷の焦燥感をさらに掻《か》き立てた。

「う……て……」

垣内が、すがるように訴えた。

「馬鹿野郎……そんなことできるかよ……」

加地谷はぎこちない動作で頭《かぶり》を振った。それが見えているのかいないのかすらも定かではなかったが、垣内の目は——懇願するようなその目は、意思を覆そうとはしなかった。

目の前に転がった拳銃に縛られた両手を伸ばす。瘧《おこり》にかかったみたいに、無様に震える指先がグリップに触れようとしたところで、もう一度、声がした。

「うって……ご……ろ……うって……」

加地谷は激しい衝動に駆られ、握りしめた拳《こぶし》を地面にたたきつけた。

「ちくしょう！　ふざけんなぁ！」

喉《のど》を震わせて叫んだ声が、恐ろしいほどの静寂に溶けていった。

これはなんだ。悪い夢なのか。加地谷は内心で、そう呟いた。ほんの数十分前まで、いつも通りに話をしていた。捜査の合間に垣内と交わす何気ないやり取りが、馬鹿な冗談が、まるで夢の中の出来事のようだった。この三か月間、昼も夜もなく追い続けた事件を解決し、互いに家族の許《もと》へ帰るはずだったのに。

かちゃ、と、犯人の手元で音がした。ライターの蓋《ふた》が一度閉じられ、またすぐに開かれる。弄ぶような動作でそれを何度か繰り返した後、犯人は再び火を点《とも》した。

「駄目だ。おい、やめろ……やめ……」

最後まで言い切る前に、加地谷は言葉を失った。フードの奥からこちらに向けた邪悪な視線が、やめるわけにはいかないと主張している。

――お前のせいだ。

そう言われた気がして、加地谷は身体中を駆け巡る強烈な寒気に身もだえした。目の前の銃を掴み、むやみやたらと撃ちまくりたい衝動に駆られる一方で、実際には指一本動かせなかった。恐怖のせいか、あるいは絶望か。その両方だったかもしれない。ひどく曖昧《あいまい》な、それでいて有無を言わせぬ支配力に身体を乗っ取られ、愕然《がくぜん》と成り行きを見守ることしかできない哀れな刑事を見下ろしながら、殺人鬼という名の影はライターを手放した。

「やめろぉぉぉ！」

ぼっと閃光《せんこう》が走り、垣内の頭部が炎に包まれた。首から上だけが激しい炎によってあぶられ、一瞬にして燃え上がる。

赤く照らされたフロアに絶叫が轟《とどろ》いた。それが死にゆく垣内のものだったのか、それとも、その死を無力に見つめる自分のものだったのか、今となってはわからない。

ただその様子を、加地谷は瞬《まばた》き一つせずに凝視していた。

いくつもの事件を共に捜査し、正義の名のもとに多くの悪人を捕まえてきた相棒が、まるでゴミクズのように焼き殺されるさまを、ただじっと――

第一章

1

ありがとうございましたぁー、と威勢のいい挨拶《あいさつ》をし、帽子をとって深々と腰を折った二人の引越し業者に会釈を返して、僕は玄関ドアを閉めた。

築三十四年、駅からは徒歩で二十五分かかるアパートの部屋には、最低限の家具と、送り状に『戸倉孝一《とくらこういち》様』と記されたいくつもの段ボール箱が乱雑に置かれている。

リビングは南向き、襖《ふすま》で仕切られた部屋が一つと、六畳の部屋がもう一つ。バストイレ別。広々として日当たりの良いリビングが気に入ってここに決めたけれど、いざ入居してみると自分には少しばかり贅沢《ぜいたく》だったかな、などと今更不安な気持ちが湧いてくる。

「ああ、もう。せっかく広い部屋を借りたのに、これじゃあ足の踏み場もないじゃん。さっさとどうにかしなさいよ孝一」

不機嫌そうなイントネーションでぼやきながら、従姉妹《いとこ》の戸倉依子《よりこ》が開け放たれた窓の桟に腰かけ、ジーンズのポケットから取り出した煙草をくわえる。

建物は二階建てだが、やや高台に位置するため、窓から見える景色は思いのほかよかった。坂を下るにつれて家の数が増していき、町の中心部になると、いくつかビルが建っているのもわかる。長閑《のどか》な地方都市という表現がぴったりと当てはまる、呑気《のんき》な眺めだった。

「だいたい、お母さんが悪いのよね。孝一はいらないって言ったのに、こんなにたくさん食料やら食器やら……。これなんて箱の中身が全部ジャガイモだよ？　こんなにたくさん食べられるわけないじゃん」

ぶちぶちと文句を垂れながら窓の外に煙を吐き出す依子を一瞥《いちべつ》し、僕はこれ見よがしに溜息《ためいき》をついた。

「叔母《おば》さんの優しさだろ。いいんだよ。僕が全部食べるから」

ぶっきらぼうに返すと、依子は再び煙を吐き出して、苦笑交じりにこっちを見た。

「でもさ、本当に家を出ちゃってよかったわけ？　お父さんとお母さん、あんたのこと気に入ってるから寂しがると思うんだけどな」

「いいんだよ。高校も卒業したし、仕事だって見つかったんだから、ちゃんと自立しないと。いつまでも叔父《おじ》さんと叔母さんに迷惑かけるわけにはいかないし」

「それよそれ。その他人行儀な態度がさあ、うちの両親的には寂しいって言ってんの。あんたのこと、本当の子供みたいに思ってるんだからさ」

一瞬、胸がざわついて、僕は依子を一瞥する。僕が言わんとしていることを察知したのか、依子はあっと小さく声を漏らし「ごめん、無神経だったかな」と苦笑する。

「別に……。僕だって二人に感謝してるし、たまに顔を出すつもりだよ。でも、叔母さんの気持ちを考えると、やっぱり僕は一人になった方がいいと思うんだ」

「まあ確かに、お母さんはねえ……。あんたが見てられなくなる気持ちも分からないではないよ」

依子はくわえ煙草で腕組みをして、低く唸《うな》る。立ち昇る紫煙に顔をしかめる様子がひどく憂いを帯びていた。

再び胸がざわめき、そこにかすかな痛みを感じた僕は、さりげなく背を向け、用もないのにキッチンシンクの引き出しを開けたり閉めたりする。

もう何年も前から、僕はこうやって、四つ年上の従姉妹の顔を見るたびに、罪悪感とも自己嫌悪ともつかない複雑な想いを味わってきた。けれどそのことを鬱陶《うっとう》しく思ったり、腹立たしく感じたりすることはなかった。依子は大切な家族だし、いついかなる時も僕のことを実の弟みたいに心配し、気遣い、そして励ましてくれる姉のような存在だ。

さっきはああいったけど、両親の死後、僕を引き取ってくれた叔父夫婦の許を離れて、見知らぬ土地で暮らすことは不安でたまらない。それでも、頑張らなければと思えるのは、依子がついてきてくれたからだ。周りが見れば、十九歳にもなって何を言っているのかと思われるかもしれない。実際、僕と依子の関係というのは、実の姉弟《きょうだい》よりもずっと身近で、ある意味では互いに依存しあっている。けれど僕はそれでいいと思っているし、これからもその関係を変えようとは思っていなかった。

「──ちょっと、聞いてんの？　なにぼーっとしてんのよ」

「あ、ごめん。何？」

慌てて我に返ると、依子が乱雑に置かれた段ボール箱を見て回りながら、

「あたしの本はどこなのよ？　本棚がいつまでも空っぽだと落ち着かないの。ちゃんと並べてよね」

「はいはい、わかったよ。こっちが終わったらやるから」

「駄目よ。本が先。あたしはカーとクイーンとクリスティの背表紙がずらりと並んだ本棚を見ていないとリラックスして眠れないの。ちゃんと順番も刊行順にね」

「……はいはい」

こうなってしまうと、依子は手が付けられない。命よりも大切なミステリ本のことになると絶対に譲らず、今回の引越しにおいても、荷物になるから実家においておけばと提案したのだが、本棚ごと持っていくといって譲らなかった。表紙が擦り切れ、カバーもよれてボロボロになった古い文庫本を愛《いと》しそうに眺めるその姿をそばで見ている僕としても、彼女のそのこだわりを無下にすることはできなかった。

まあ、本なんてろくに読まない僕にとっては、わからない価値観だけれど。

苦笑しながら、ひときわ重く、ぎっしりと本の詰まった段ボール箱を探し当て、ガムテープをはがして蓋《ふた》を開く。中身が目当ての本だとわかり表情を明るくする依子をよそに、僕は窓の外に視線を向けた。

新たな門出にふさわしい、青々とした空から降り注ぐ陽光が眼下の街を柔らかく照らしていた。

翌日の仕事に備えて早く寝ようと思っていたのに、荷解《にほど》きがなかなか終わらず、結局床に就いたのは深夜零時を回った頃だった。

家具を置く位置について、ああでもないこうでもないと口を出すばかりで全くと言っていいほど役に立たなかった依子は今朝も、寝不足の僕とは真逆に朝からテンションが高く、軽い頭痛に苛《さいな》まれる僕を陽気に送り出してくれた。

高校を卒業してから、近所のファミレスで働いていた僕は、今年に入ってすぐに、叔父さんから、この町にある木工家具製作所の職人見習いの仕事を紹介された。

大学に進学したいなどとは口が裂けても言えず、高卒で働き始めた僕は当初、調理師を目指そうと思っていた。ファミレスの仕事は嫌いではなかったけれど、そこまで情熱を燃やせるわけでもなくて、将来のことを考えると不安にさいなまれた。そんな僕にとって、叔父さんの持ってきてくれた話は渡りに船と言えた。

木工家具に特別、興味があったわけではないけれど、昔から工作は得意だったし、大勢の人を相手にするような仕事よりも、黙々と何かに取り組む方が性に合っている気がした。日々接する人が少なければ少ないほど、周りから奇異な眼差《まなざ》しを向けられることがないので、心を乱される心配もない。

職場はアパートから徒歩で三十分程度の距離だった。坂道を上り下りして、商店街と呼ぶには少し寂しい通りを抜けた山のふもとに位置する場所に、ログハウス調の家屋と併設される形でそびえるのが『市橋《いちはし》木工製作所』だ。

外観はよくある町工場か、大きな倉庫という印象。金属製の扉を横に引いて中を覗《のぞ》き込むと、作業していた年配の男性がこちらに気づき、軽く手を上げた。

やや小太りで頭の寂しい恵比須《えびす》顔のその人物が市橋社長だった。事務所に案内され、事務員をしている奥さんに作業着や軍手、安全靴などを用意してもらい着替える。契約書関係は事前に郵送でやり取りしていたので、今日からすぐに働けることになっていた。

一度も顔を合わせることなく採用してもらえたのは、叔父さんと市橋社長が高校の同級生であり、社長が僕の抱える事情をある程度把握してくれているためだった。

僕の教育係として紹介されたのは、若槻《わかつき》さんという三十代半ばの男性だった。若槻さんは地元の人で、勤続すでに十五年を数える有能な職人だという。最初は慣れないことばかりだが、ゆっくり覚えていけばいい。そう優しく肩を叩《たた》いてくれた。

他に工房にいたのは青山《あおやま》さんという二十代半ばの男性で、寡黙な運動部タイプ。上背が高く肌もよく焼けていた。なんでも趣味でサーフィンをしており、夏場は仕事前に十五キロ離れた海岸で波乗りをしてから仕事にやってくることもあるという。若槻さんと同様に、緊張する僕にどことなく不器用な笑顔を向けてくれて、昼休みには何故かおにぎりを一つ恵んでくれた。いかつい見た目に反して、とてもやさしい人なんだろうというのが率直な印象だった。

それともう一人、昼休みにトイレに入ろうとした時、ドアが開いてのそりと現れた人物がいた。細く、骨ばった体つきをして、顔の浅黒い五十代くらいのその人は僕を見るなり、不機嫌そうに眉《まゆ》を寄せた。無言の圧力でお前は誰だと問われているような気がして、僕は慌てて自己紹介をする。

「今日からお世話になります。戸倉孝一です」

「おれ井上《いのうえ》」

たった一言、それだけを口にして、井上さんはわざと僕に肩をこすりつけるようにして去っていった。彼だけは他の人たちとは少し雰囲気が違っていた。仕事中も誰かと口を利くことはないし、そもそも工房の隅の方に陣取ってボケーッと座っているだけで、仕事らしい仕事などしてはいなかった。午前中に姿を見なかったのも、堂々と遅刻してきたからなのだろう。彼がどういう人物で、何故この職場にいるのかという疑問を誰かにぶつけたくなったけれど、入社初日に先輩社員に睨《にら》まれるのは避けるべきだと思った。

気を取り直し、僕は若槻さんの指導のもと、目の前の仕事に集中した。

仕事自体は初めて触れることばかりで非常に興味深く、あっという間に時間が過ぎた。様々な工具を用いて、ただの木を美しい家具へと変化させていく、まるで魔法のような職人たちの腕に感心するとともに、自分にもいつかこんなことができるようになるのかという、漠然とした期待が胸に溢《あふ》れていた。

気づけば終業時間となり、社長の合図でそれぞれが手を止め、この日の業務は終了した。新しい職場は思っていたよりもずっと居心地がよかった。漠然と抱えていた不安はほとんど消え去り、暗く澱《よど》んでいた胸の中に希望めいた光すら差し込んでいた。

ところが、社長夫婦に挨拶《あいさつ》をして、事務所を出た僕が軽い足取りで帰路に就こうとした時――

「おい、ちょっといいか」

不意に呼び止められ、振り返る。先に帰ったはずの井上さんが背後に立っていた。足音もなく、いつの間に現れたのか、井上さんは口元に軽薄な笑みを浮かべながら僕に近づき、

「どうだ、やっていけそうか」

馴《な》れ馴れしく肩を組んで問いかけてきた。

「はい、頑張っていきたいと思います」

「そうかそうか。ところでお前、社長の知り合いの紹介で入ったんだって？」

何の脈絡もなくそう言われ、僕は戸惑いながらも、首を縦に振る。

「だったら、面倒なことはない方がいいよなぁ。迷惑、かけちゃいけねえよなぁ」

「はあ……」

彼が何を言わんとしているのか、僕はすぐにピンときた。

この工房では、午後三時頃に社長の合図で休憩をとる。みんなで工房前に集まり、社長の奥さんが用意してくれた麦茶を飲みながら一息入れるのだ。僕もそれに倣って生ぬるい風に当たりながら、若槻さんと青山さんがボロボロのサッカーボールを蹴《け》り合っているのを眺めていた。

社長が気を遣って色々と話をしてくれて、奥さんとも世間話をいくつかやり取りした後、僕はトイレに立った。静まり返った工房を抜け、事務所の前を通りかかった時、不意に中から物音がした。事務所にはソファがあり、そこに井上さんの姿があった。

こういう時でも、彼は一人でいるらしい。積極的に仕事をしようとしない人が、みんなの輪の中に入ろうとするはずがないのも当然か。僕はそう納得し、別段怪しむこともなく素通りしようとしたのだが、半開きになったドアから中を覗き込んだ時、飛び込んできた光景に思わず息をのんだ。

井上さんは社長の奥さんのデスクの前に屈《かが》みこんで、一番下の引き出しを開けて中を覗き込んでいた。その横顔、大きく見開いた目がひどくぎらついていて、口元には歪《いびつ》な笑みが浮いている。ひと目見て、異常な事態だとわかった。井上さんは引き出しの中に手を突っ込み、なにやらごそごそやったあと、そこから数枚の一万円札を抜き取り、作業着のポケットに押し込んだ。

見てしまった。おそらく、見てはいけないものを。

僕は息を殺し、そっと後ずさった。その際、狭い廊下の床に置かれていたバケツに足が当たり、微《かす》かな物音を立ててしまう。事務所の中で、井上さんが身構える気配があった。僕は慌ててその場を立ち去り、何事もなかった風を装って工房の外に出た。見られていないと思っていたけど、立ち去るところを見られていたのだろうか。

内心で自問しながら、僕は生唾《なまつば》を飲み下して井上さんを見返す。井上さんの細く貧相な目がさらに細められ、鋭い刃物のように研ぎ澄まされた。

「ここ、お世辞にも儲《もう》かってるとはいえねえからよ、給料だってぜんぜん上がんねえんだよ。だから俺も、ちょっと生活が苦しくてな」

「はい……」

「なあ、わかるだろ？　黙っててくれるよな？」

「僕は……その……」

井上さんは更に顔を近づけ、窺《うかが》うような眼差しで僕の目を覗き込んでくる。そうすることで、僕の心の中を直接覗き込もうとでもするみたいに。

「それに俺は社長の親戚《しんせき》なんだ。あの人、うちの親父には頭があがらねえから」

けけけ、と下卑た笑いが耳朶《じだ》を打つ。

「ちょっと借りただけなんだよ。あんなことしたの初めてだしな。だから、余計なことは言わないでくれるよな？」

それは質問の形をとった脅しだった。蛙を射すくめる蛇のような井上さんの目を見た瞬間、僕の心臓が大きく跳ねた。全身の毛が逆立つような感覚と共に、強い寒気に見舞われる。

「おいなんだよ。震えてんのか？　何ビビってんだよ？」

井上さんが、何故か嬉《うれ》しそうに言った。相手を脅かすことで自分の威厳を保とうとするみたいに。

いやだ。やめてくれと内心で強く訴えかける僕を嘲《あざけ》るかのように、心臓の鼓動がどんどん速くなっていき、目の前の井上さんの顔がぐにゃりと捻《ね》じ曲がる。

「どうしたんだよ。汗なんかかいてよ。顔も真っ青だぞ」

品定めするような声がして、僕は眉間《みけん》の辺りを手で押さえた。

「いえ、なんでもないです。失礼します……」

「おい待てよ。話はまだ終わってねえだろ」

その場を離れようとする僕を、井上さんが引き留める。腕を摑《つか》まれ、振り払おうとしても、そうはさせぬとばかりに締め上げてくる。

「は、離してください。僕、何も言いませんから」

「そんな邪険にするなよ。なあ。ちょっと話をするくらいいいじゃねえか。ここじゃあ誰も俺の話を——」

井上さんの腕は少し湿っていて、ひんやりと冷たかった。そのことに気味の悪さを覚え、振り払おうとするけれど、井上さんの力は思いがけず強く、腕というよりも骨を直接摑まれているみたいに奇妙な感覚がした。脚が震え、立っていることすら苦痛で、思

わずしゃがみ込みそうになった時、

「──おおい戸倉くん。よかった。まだいた」

どこか間延びした呑気《のんき》な声がした。はっとして顔を上げると、社長が太ったお腹を揺するように小走りでこちらにやってくるところだった。

「すまないがこれ。通勤費の申請書なんだけど、お家《うち》で書いてきてくれるかな？　徒歩で来ている場合でも、規定額は出すから」

「あ、はい……」

井上さんに摑まれていたはずの左手で書類を受け取った後、僕は改めてハッとした。

井上さんの姿が、どこにもなくなっていたからだ。

「あれ……え……」

思わず周囲を見回す。社長の姿を認め、慌てて逃げ去ったわけではなさそうだった。

なにしろ、今僕が立っている工房前には視界を遮る建物や背の高い塀なんてものもない。見渡す限り鬱蒼《うっそう》とした木々が生い茂るばかりで、身を隠せるような場所などどこにもない。

「どうしたの。何かあった？」

「いえ、ちょっと今、井上さんと話していて……」

「──えぇ？」

今度は社長が怪訝《けげん》そうに眉《まゆ》を寄せ、素《す》っ頓狂《とんきょう》な声を上げた。

「井上って、もしかしてあの井上……？」

「あの、とは……？」

お互いに、会話がかみ合わないことを察し、窺うような視線を互いに向け合いながら、僕たちはしばらくの間、沈黙した。

「そっか。君、そういうの視えちゃうんだって、戸倉が言ってたね」

この場合の『戸倉』というのは、僕の叔父《おじ》さんのことだろう。社長は同級生の名を親しげに口にしながら、しかし険しい顔つきで薄くなった頭をこわごわ撫《な》でつけた。

「井上っていうのは——うちの兄嫁の弟なんだがね。金にだらしがなくて、どこで働いても長続きしない奴だった。兄に頼まれて仕方なく、うちで面倒を見ていたんだよ」

五十を過ぎたいい年のおっさんだったけどね、と社長は苦笑する。「だった」の部分に違和感を覚えながら、僕は黙って話の続きを待った。

「雇ってみると案の定、仕事は覚えない。何かしろと言っても、その場はどうにかやり過ごして、またすぐにサボる。遅刻、早退の常習犯で、他の社員にも示しがつかなくてねえ。随分と苦労したんだが、それ以上に奴はギャンブルに目がなかった。給料の大半をスって、若槻や若手の青山にまで金を無心してねえ。彼らからもいろいろ相談されていたんだよ」

「事務所から、お金を盗んだりも……？」

おずおずと訊《たず》ねると、社長は驚いたように仰《の》け反り、それから深くうなずいた。

「そういうことも、一度や二度じゃなかったね。とにかく手癖が悪くて、ある時なんか、青山くんの財布からお金が無くなったなんて騒ぎになったこともある。やったのは井上に間違いなかったけど、奴は最後までしらばっくれていたよ」

とにかく困った奴だった。社長の表情は、そう言っている。

「でも、二年ほど前かな。突然出勤しなくなって、連絡もつかなくなった。また悪い癖が出てとんずらしたのかと思ったんだが、一応アパートに様子を見に行ったんだよ。そしたら、風呂《ふろ》に入ったまま亡くなっていてね。三日ほど誰にも気づかれずにいたようだ」

今も腕に残る、冷たく湿った手の感触を思い返し、僕は改めてぞっとした。摑まれていた箇所をもう一方の手でさすりながら、僕は「ああ」と小さな声を漏らす。

つまり、そういうことなのだ。僕が見ていた井上さんは、もうすでにこの世には存在しない、誰にも姿の見えないものだった。

「私も本気にしてはいなかったんだけど、こうなってしまうと戸倉の言うことが本当だったと認めざるを得ないねえ」

「はあ、あの、すみません」

社長は困ったような顔で僕を見た。嫌悪されているわけでも、気味悪がられているわけでもない。そういう悪意みたいなものは感じなかった。しかし、自分とは違う異質なものを見るような目は隠しようがない。それは意識せずとも、誰もが自然に僕へと向ける眼差《まなざ》し。これまでにも数えきれないほどの人が、僕をそのような目で見た。だから今更それをどうこう言うつもりはない。ただ、お世話になる人には、できることなら隠しておきたかったというだけのことだ。

「謝ることはないよ。困っていることがあるなら、何でも言ってくれていいから」

そう言って肩に手を置いた社長は、さっと周囲に視線を走らせる。

「それで、今も井上はどこかにいるのか？」

僕に対してよりも、そっちの方がよほど気にかかったらしい。僕は社長にならって辺りを見回し、それからゆるゆるとかぶりを振った。

社長は安堵《あんど》したように息をつくと、軽く手を上げ踵《きびす》を返して工房へと戻っていった。小走りに去っていくその背中を見送ってから、僕もまた足早にその場を後にした。

砂利だらけで整備されていない坂道を下り、通りに出てから適当な角を曲がって繁華街に差し掛かったところで僕は歩調を緩めた。振り返り、今歩いてきた道に誰の姿もないことを確認する。闇が深まり始めた夕暮れ時の路地にも誰の姿もなかった。井上さんがついてきていたらどうしようと思っていたが、その心配はないらしい。ほっと胸をなでおろし、近くの電柱にもたれかかる。

たまにあるのだ。霊は姿が見える相手に惹《ひ》かれるらしく、さして親しいわけでもないのに、まるで往年の友人に出会ったかのようについてくることがある。そういう時、大抵は無視を決め込むことで難を逃れるのだが、相手がしつこい性格をしていたら、いつまで経っても付きまとわれることだってある。そして、霊と接触した後は大概、体調を崩してしまう。今も全身に悪寒が走り、悪い病気にかかったみたいに節々が痛んでいた。新しい土地にやってきて、新しい環境に身を置くという緊張感が手伝ったのだろう。よく注意していれば、井上さんがこの世の者ではないことに気がついたはずなのに、今日は無防備に接触してしまった。意識して遠ざけることで、霊の影響を最小限にすることはできる。でも、あんな風に身体が触れ合うほどの至近距離に近づかれて、腕を摑まれたりしたら、あっという間に強い疲労感に襲われてしまう。

もしあの時、社長が来てくれなかったら僕はどうなっていただろう。そう考えただけで、再び手足の先が冷たくなった。

「帰らなきゃ……」

力の入らない脚に鞭打《むち》って立ち上がる。だが、思うように身体が動かず、すぐにその場にしゃがみ込んでしまう。これは肉体的な問題じゃない。あくまで精神的、心理的な問題だ。霊に干渉されたせいで心の安定が乱れ、強いストレスを感じた結果、ある種の発作が出てしまったのだ。病院にいったところで医者に治せるものじゃない。

家に帰れば依子がいる。依子は僕のこの力のことを誰より理解してくれている。新しい生活でいきなりこんな目に遭ってしまったことを話せば心配をかけてしまうかもしれないけど、彼女に話すことで、僕の心は平穏を取り戻せる。だから早く……。

立ち上がり、少し進んでは眩暈《めまい》を感じて立ち止まる。そんなことを何度か繰り返し、いくらも進まないうちに道端の塀にもたれかかった僕は、がっくりとその場に頽《くずお》れてしまった。地面に手をつき、身体を起こそうとするけどうまくいかない。まるで自分のものではないかのように、身体がいうことを聞かなかった。

「──あの、大丈夫ですか?」

不意に、頭上から声がした。朦朧《もうろう》とする意識の中、かろうじて視線をやると、一人の女性が僕のそばに屈《かが》みこみ、心配そうな顔でこちらを覗《のぞ》き込んでいる。

「……依子?」

僕は口中に呟《つぶや》くように問いかけた。女性にはその声が聞こえなかったのか、しきりに僕の身体を揺すり、

「どうしたんですか? ねえ、しっかりしてください」

その声を聴いていると、不思議と眩暈がおさまっていき、全身を這《は》いまわるような倦《けん》怠《たい》感がみるみるほどけていった。白く明滅する視界が徐々に回復し、思考までもがクリアになっていく。

そこでようやく気づいたのだが、僕がうずくまっているのは、とあるカフェの前だった。女性はその店の店員らしく、白いブラウスにデニム姿で黒いエプロンをしていた。店の前で僕がうずくまっているのを見て、慌てて駆け付けてくれたらしい。

「すみません、すぐにどきますから……」

「待って、無理しないで。中で休んでいった方がいいわ」

「いや、でも……」

言いかけた僕を遮るように、女性は僕の腕を自らの肩に回して立ち上がらせてくれた。予期せず見知らぬ女性と密着してしまったことに驚きを感じたけれど、無下にすることもできず、僕はそのまま店内へと連れられて行った。

カランと音を響かせてドアが開かれると、ひんやりと涼しい風が漂ってきた。店内に客の姿はなく、女性が僕を連れて入ってきたのを見て、レジカウンターの所にいた若い男性がえっと声を上げた。

「葵《あおい》ちゃんどうしたの。ゴミ捨てに行ったのに、なんで人間拾ってきてんのさ？」

「いいからちょっと手伝ってよ津島《つしま》くん。ほら、奥のシートに寝かせてあげて」

「おお、了解」

二人がかりで僕を奥のボックス席へと運び、そのまま寝かせてくれる。女性は一旦《いったん》その場を離れ、おしぼりを手に戻ってきた。

「これ、良かったら使って」

「……ありがとう」

おしぼりを受け取る時、僕の手に女性の手が触れる。そのことに妙な緊張を覚え、ドギマギする僕を覗き込むようにして、栗色のショートカットがよく似合うその女性は心配そうに眉《まゆ》を寄せていた。

「少し良くなった？　必要なら救急車を呼ぶけど」

「大丈夫です。ちょっと眩暈がしただけなんで……」

「そう？　それならいいけど、無理はしないでね。もうすぐマスターも帰って来るし、何か食べていったら？」

「いや、お腹《すなわち》が空《す》いてるわけじゃ……」

慌てて頭《かぶり》を振った直後、これ以上ないほどのタイミングで腹の虫がぐぅぅと鳴いた。表情を固めた僕を見て、女性はふっと困ったように笑みをこぼす。

「強がりが言えるなら大丈夫そうだね。自分の名前はどう？　言える？」

「戸倉孝一、です」

「そう、よろしくね戸倉くん。私は白川葵《しらかわ》」

自己紹介と共に、彼女はすっと右手を差し出した。握手を求めているのだろうか。その、あまりにも自然で洗練された動きに、僕は思わず息をのんだ。黙っているのも気が引けるので、同じように手を伸ばすと、白く透き通るような彼女の指先が僕の手に触れる。力を込めたら砕けてしまいそうなほど細いのに、不思議と温かい手だった。

気づけば心臓が、とんとんと軽快なリズムで鼓動を速めていた。顔が熱い。額にも汗が浮いてくる。それがさっきまでの感覚とは別種の緊張からくるものだと気づくと、僕は余計に落ち着かなくなった。

そんな僕を見て、彼女はもう一度、朗らかに笑う。ぱっと暗闇を照らす光明のようなその笑顔に、僕はただただ見とれていた。

こうして、僕と白川葵は出会った。

2

荏原《えばら》警察署の大会議室。均等に並べられた長机の一番後ろの席にどっかりと腰を下ろした加地谷悟朗は二日酔いの頭痛に顔をしかめながら、手元の資料を見下ろしていた。二日前に管内で発生した女子大生殺人事件の資料である。

室内にはすでに多くの捜査員たちが待機しているが、指揮を執る刑事課長と捜査係長は一向にやってくる気配がない。他の刑事たちは各々、長机の席で資料を見直したり、仕入れた情報を手帳にまとめ、発言の要項を確認しながら捜査会議が始まるのを待ち構えている。

本当なら加地谷も彼らの輪に混ざり、情報の交換や今後の捜査の方針など、会議の前にある程度の連携を図っておくべきなのだが、そうしたコミュニケーションの取り方は、もう久しく行っていない。この荏原署の刑事課における現在の加地谷の立ち位置は、ほとんど数に入れられることのない『幽霊のような刑事』なのだから。

最初の頃こそ、無礼な態度をとってくる同僚に怒りをあらわにし、諍《いさか》いを起こすこともしばしばだったが、今となってはそんな気力も湧いて来ない。何を言われようと馬耳東風とばかりに聞き流し、目の前の職務に従事する。それがここ数年の加地谷の基本的なスタイルと化していた。

それにしても、と加地谷は溜息《ためいき》を漏らし、何度も繰り返し目を通した資料をもう一度最初から読み返し始めた。本当なら自販機でコーヒーでも買って一服しに行きたいところだが、昨今の風潮もあり建物内は全面禁煙。敷地内で唯一喫煙が許されるのは、駐車場の一角に仕切りを立てた簡易的な喫煙所だけである。行って帰って来るだけでもそこそこの時間がかかるだろう。その間に会議が始まってしまったら、それこそ後でどんな嫌みを言われるかわかったものではない。

規則正しく並んだ文字を目で追いながら、加地谷は事件現場の様子を頭の中に思い浮かべ、空想上の犯行現場へと意識を飛ばした。

二日前の早朝、荏原市東部の森林公園内のランニングコースを利用していた二十代の男女が、コース脇の森林地帯で大きな木にもたれ、足を伸ばして座っている人影を発見した。酔っぱらって眠っているか、それとも具合でも悪いのかと心配になり、恐る恐る近づいた二人は、その人物の様子がおかしいことに気付く。木の根元に座り込んでいたのは酔っ払いなどではなく、頭部と両手首を切断された女性だったからだ。あまりにショッキングな光景を前に、パニックを起こし失神してしまった妻を抱えた夫は、その場で警察に通報をした。

なんとも物騒な事件ではあるが、この事件が百戦錬磨の捜査員たちを驚嘆させたのは、その後に発覚したある事実が原因だった。現場検証が開始され、検視官が遺体を検《あらた》めたところ、被害者のブラウスの胸ポケットには、ノートの切れ端のようなメモ紙が押し込まれていた。そこにはひどく乱れた字でこう記されていた。

『——自責と心配に駆り立てられ、彼は這い廻《まわ》り始めた』

——くそったれが。

資料をめくる手を止め、加地谷は束の間思考を停止させる。そして、身の内から沸き上がるどうしようもない激情がこの胸を突き破らないよう必死に気持ちを落ち着かせた。少しでも油断したら、その強烈な感情は内側から喉《のど》を引き裂いて、断末魔のような叫び声を会議室じゅうに響かせていたことだろう。

忘れもしないあの夜の、おぞましい光景が脳裏をよぎる。五年の歳月を経ても、そのイメージは少しも薄れることはなく、加地谷を毎日のように悪夢の底へと叩き落とすのだった。

「うっす！　カジさんおはようございます。今日もいい感じにしかめっ面が似合ってますね」

突然向けられた陽気な声によって、脳内に展開していたどす黒いイメージが霧散した。額に浮かんだ脂汗をさりげなく拭《ぬぐ》って、加地谷が視線を持ち上げると、ひょろりとした長身の男が軽薄そうな笑みをその顔に浮かべ、手にした缶コーヒーを差し出している。

「朝から大声出してんじゃねえよ。ガキじゃあるめえし」

言いながら、加地谷は缶コーヒーを受け取る。ひんやりとした感触によって、速まっていた鼓動が少しずつ落ち着いていくのを感じながら、加地谷は隣の席についた若者——浅羽賢介《あさばけんすけ》を見やった。浅羽は半年ほど前に、この荏原署の刑事課に配属されたばかりの新米刑事である。ここに来る前は札幌《さっぽろ》市の東《ひがし》警察署地域課に所属し、交番勤務をしていたらしく、整った顔立ちのおかげもあり地域の主婦や老人に人気のお巡りさんだったという。それだけならば、ただ人当たりの良いイケメン警察官で終わっていたかもしれないが、浅羽は地域の老人が特殊詐欺の被害に遭うところを何度も救い、受け子として雇われていた少年少女の更生にも積極的に貢献した。繁華街での少女売春が問題になった時も、生活安全課の刑事に協力を求められ、夜の街を徘徊《はいかい》する未成年たちに根気よく説得を試みては、被害を未然に防いでいたのだという。そうした明るい評判があっただけに、実際に荏原署にやって来た浅羽を最初に見た時は、少々拍子抜けしてしまった。

まず見た目が若い——というよりチャラいと言った方がいいだろう。今年で二十六になるこの男は、髪を茶色く染め、どこぞの韓流《はんりゅう》スターのように軽いウェーブのかかった髪型で、着ているスーツもブランド物だ。機能性よりも見た目を重視。そんな刑事とは程遠い美意識がとにかく鼻につく。

そして何より、この男には致命的ともいえる欠陥がある。

「なんだお前、随分目が赤いじゃねえか。ちゃんと寝てんのかよ」

「いえ、実は昨日ちょっとコレが……」

言いながら、浅羽は小指を立て、照れくさそうにはにかんだ。

今どきの若者にしては、少々古めかしいジェスチャーである。

「お前なぁ。殺人事件の捜査中に女と遊ぶ刑事がどこにいるよ」

「あ、わかってないなぁカジさん。いついかなる時でも、レディからの誘いを断らないのが俺のモットーっすから。事件が起きようとテロが起きようと女性を一番に。それが浅羽賢介という男っす」

この男の発言はいちいち異次元過ぎて、加地谷としてはどこから突っ込んでいいかが分からない。一つ確かなことは、この男は仕事はもちろん、三度の飯よりも女の子が大好きだと公言し、仕事の後にはいつも合コンだの街コンだのと、女遊びに余念がない。見た目の軽さも相まって、内実共にぺらっぺらの軽薄刑事だということだ。

「そんなことよりカジさん、聞きました？」

「ああ？　何だよ馬鹿野郎」

この男と話す時、加地谷はつい条件反射的に暴言を発してしまう。有り余る不信感のせいか、心の声が抑えられないのだ。当の浅羽はそのことを一向に気にする素振りなど見せず、らんらんと目を輝かせていた。

「なんかうちの署に、道警本部からの応援が来るそうですよ」

「応援だとぉ？　なんで今更そんなもんが」

加地谷は腕組みをして、ぼんやりと思考を巡らせた。今回の事件、捜査本部は荏原署の署長主導で立てられている。捜査会議には署長と副署長も参加しているが、実質的に指揮を執っているのは刑事課長の五十嵐《いがらし》という男だ。道警が絡んでくる帳場なら、仕切るのも道警のお偉方になるのが通例である。この二日間、捜査に進展がないことを悲観して、慌てて捜査員を送り込んでくるとでも言うのだろうか。

「そろそろ捜査上の進展が欲しくて、上がじりじりしちゃってんじゃないすか？　ひょっとすると、アメリカ帰りの超美人プロファイラーみたいなのが来て、あっという間に事件を解決しちゃうかも。ほら、警視庁にもあるでしょそういうの」

「馬鹿か。そんな洒落《しゃれ》たもんが、こんな田舎にわざわざ来るもんかよ」

「だから、上も本腰入れようとしてるってことでしょ。だってこの事件——」

浅羽が何か言おうとするのを遮るように、後方のドアががちゃりと開いて、署長、副署長が現れる。後に続くようにして刑事課長の五十嵐と捜査係長の板見《いたみ》もやってきた。だが待機していた多くの捜査員たちの注目を集めたのは、彼らの後ろに続いて中に入って来たパンツスーツ姿の女性だった。姿勢よく歩く速度に合わせ、後ろで結んだ黒髪が軽やかに揺れている。女性の中でも比較的背が低く、遠目にすると研修にでもやって来た新人キャリアのようなたたずまいだが、幼さの残る大きな瞳《ひとみ》には油断も隙も無く、室内の刑事たちに堂々とした視線を返していた。

「みんな揃ってるな？　会議の前に知らせておくが、こちらは道警本部の天野《あまの》伶佳《れいか》警部補だ」

進行役の五十嵐刑事課長に促され、伶佳は深々と頭を下げた後、よく通る声で自己紹介を始めた。

「北海道警察捜査一課捜査支援分析室の天野です。本日より皆様と『荏原市森林公園女子大生殺人事件』の捜査に当たります」

愛想の欠片《かけら》もない事務的な自己紹介だったが、加地谷にはそれがかえって好感が持てた。一分の隙も無いその表情からは、手柄を立てたい。上に認められたい。そういった打算ではなく、ただひたすらに事件の真相を見抜こうとする強い意志のようなものが感じられた。

「捜査支援分析室の心理分析班は、犯罪現場及び犯行の心理的側面から犯人像に迫ることを目的に新設された部署だ。今回は犯罪データの収集も兼ねての応援だが、天野警部補はこれまでいくつもの猟奇犯罪事件に関わった経験がある。必ずや我々の助けになってくれるだろう。皆、胸を借りる気持ちで捜査に当たってくれ」

はい、と揃った返事が室内を震わせた。

「天野くんは横山《よこやま》と組んでもらう。横山、頼んだぞ」

名を呼ばれ、同じ班の横山が立ち上がって会釈をする。同じように会釈を返した伶佳にじっと見据えられたせいか、じんわりと耳が赤くなっている。

――けっ、色ボケが。

内心で毒づき、加地谷は腕組みをした。日ごろから刑事課長にゴマをすっておいたおかげで、本部からやってきた女刑事とお近づきになれたのだ。三十四歳独身の横山としては万々歳の人員配置だろう。

「いいなぁ。俺も伶佳ちゃんと組みたかったなぁ」

ぼそりと呟《つぶや》き、浅羽は口を尖《とが》らせた。ひがみのつもりで言っているのかもしれないが、横山以上に女好きなこの男の発言だ。あながち冗談でもないのだろう。

加地谷はあえて何も言わず、舌打ちだけをして視線を前方に戻した。

「よし、それじゃあ捜査についてだが――」

課長の口から、改めて捜査状況の確認と、現在までに判明している事件についての詳細が語られる。伶佳が参加したこともあり、情報を共有するためのおさらいといったところであった。

現場検証を終えた警察はまず遺体の身元の特定と周辺地域への聞き込みを開始した。遺体の所持品から被害者は荏原学院大学の経済学部に在籍する高谷恵《たかやめぐみ》であると判明。遺体が発見される前日の午後八時ごろ、アルバイト先の居酒屋を出たのを最後に目撃証言が途絶えている。遺留品の中にはスマホがなかったため、SNSなどのアプリ上で交わされたやり取りは追えていない。誰と連絡を取って現場を訪れたのか、あるいは死後にあの場所へ運び込まれたのかについてもわかっていない。

周辺への聞き込みで判明したのは、前日の午後十時頃に公園前の駐車場に見慣れない車が停められていたことだった。目撃者によると黒いSUVで、ナンバーは覚えていないが、リアガラスにストリートブランドのロゴステッカーが貼られていたことがわかった。この車の持ち主が事件に関与しているとみて特定を急いでいる最中である。

以上のことを五十嵐は熱っぽく語り、一刻も早く犯人に繋《つな》がる手がかりを見つけるようにと強く言い含めた。さらに、捜査員たちにというよりは、道警本部からやってきた伶佳にアピールするような口ぶりで、

「遺体を無残にも切断したうえで、カフカの『変身』の引用文を残すという手口から、この事件は五年前の『グレゴール・キラー事件』と同一犯の可能性が高いと判断できる。当時、逮捕直前まで迫ったこの犯人を取り逃がしたせいで犠牲になった仲間のためにも、今度こそ捕まえなくてはならない。そのことは、お前が一番よくわかっているな、加地谷？」

不意に水を向けられ、加地谷は机に向けていた視線を課長へと向けた。同時に、無数の敵意に満ちた視線が無遠慮に注がれ、会議室は物々しい空気に包まれた。

「これ以上の被害者が出る前に、なんとしてもこの連続殺人鬼を捕まえろ」

五十嵐が強い口調で言い放った後、板見係長によって捜査の割り振りが行われた。刑事たちは各々、会議室を出ていったが、加地谷は立ち上がろうとしなかった。

「ちょっとカジさん、俺たちも行かないとじゃないっすか？」

わざと無視してやると、浅羽は困ったように眉《まゆ》を寄せ、きざったらしい仕草で前髪をいじる。

「困りますよカジさん。嘘でもいいから仕事してるフリしないと、ほら、課長もこっち睨《にら》んでますし。さっきの嫌がらせみたいな発言なら気にする必要ないですって」

「うるせえな馬鹿野郎。別に気にしちゃいねえよ」

「ほら、思いっきり気にしてるじゃないすか。超怒ってるし」

浅羽のくせに鋭いツッコミを入れてくる。忌々しいことこの上ないが、今はこの若造が相棒である以上、あまり無下にするわけにもいかない。

「わーったよ。行けばいいんだろ」

ぶつくさとこぼしながら、泥のように重い身体に鞭《むち》打って立ち上がると、浅羽は安堵《あんど》の息を漏らし、大げさに胸を撫《な》で下ろした。

「よかったぁ。俺今日も総務のリエちゃんたちと合コンの約束あるんで、定時までには終わらせましょうね」

きらきらと、やたらと血色の良い顔に笑みを浮かべる浅羽を前に、加地谷はどこぞの海溝並みに深く、重い溜息《ためいき》をついた。


加地谷と浅羽の担当は、被害者の自宅周辺の聞き込みだった。九月に入ったとはいえ、じりじりと降り注ぐ日差しにあぶられながらの聞き込みは体力を要する。町内を一軒一軒訪ね回り、最寄り駅で多くの通行人に声をかけたが、一向に新しい情報は得られなかった。この一週間、繰り返し行ってきた地道な聞き込みだが、これ以上続けても有益な情報が出て来るとは思えず、自然と加地谷の足取りは重くなっていく。太陽が傾き始めた頃には浅羽の顔にも明らかな疲れが見え始め、どこか適当なところで休みを取ろうという話になった。

「この辺りにいい感じのカフェがあるんすよ」

浅羽の提案で、二人は繁華街の片隅に建つ『サンパギータ』という名のカフェに立ち寄ることになった。古い邸宅を改築したような外観の店舗は、テラス席に数組の客がいて、店内のカウンター席にも一人客がちらほら。ゆるいジャズの音色が心地よく、火照った身体を癒《いや》してくれる。

「いらっしゃいませ。ご注文はお決まりですか？」

注文を取りに来たのは被害者と同じ年頃の女性だった。大人っぽい顔立ちをしているが、時折浮かべる営業用の笑顔にはわずかにあどけなさも感じられる。

「アイスコーヒーとコーラね」

「かしこまりました」

メニューを手渡しながら、浅羽はおもむろに女性の顔を見つめた。

「ところで君、かわいいね。大学生？」

「はい、明北《めいほく》大学です」

胸のプレートに『白川』と書かれたショートカットの女性店員が少し困ったようには

にかんで応じた。

「そうなんだ。あそこってかわいい大学生が多いって有名なんだよね。どうりで君もかわいいわけだ。うんうん、あ、下の名前聞いてもいい？」

「……葵です」

「そうかそうかぁ。葵ちゃんね。俺、浅羽。珍しい苗字《みょうじ》っしょ？」

「はぁ……」

矢継ぎ早に繰り出される浅羽のトークに戸惑い、葵と名乗った女性店員は胸元でメニューを抱きしめながら苦笑いを浮かべていた。勝手気ままに喋《しゃべ》り続ける浅羽は彼女の困惑になど気づく様子もない。

「いいよねぇ。花の女子大生だねえ。あ、もしよかったら今度、バイト終わりにでも俺と——」

「黙れ馬鹿野郎。迷惑がられてるのが分からねえのかこの不審者が」

うんざりしたように言って、加地谷は軽く手を振った。そのジェスチャーを受け、葵は軽く会釈をしたあと、そそくさとカウンターへ戻っていく。

「ちょっとカジさん。せっかく情報収集しようとしてるのに、邪魔しないでくださいよ。あれじゃあ本当に不審者みたいじゃないっすか」

「心配しなくても、お前は十分に不審者だ」

突き放すように言うと、浅羽は口を尖らせ、不満げに訴えてくる。

「ひっでぇなもう。ていうかカジさん、今日は一段と怒りっぽいっすね。さっきだって、聞き込みをした先の家で住民ともめちゃうし」

「いい年こいて親の年金を頼りに働きもしねえろくでなしが、ニュースで見た情報を鵜《う》呑《の》みにして俺たち警察をいいように罵《のの》りやがるから、つい口が滑っちまったんだよ」

「だからって、『文句があるならまず税金納めてから言いやがれ』はないでしょう。彼だって、引きこもりながら必死に動画再生数の稼ぎ方を勉強してるって言ってたじゃないすか。未来のインフルエンサー目指して頑張ってるんすよ」

フォローするような口ぶりだが、その話を聞いている最中、浅羽がしきりに笑いをかみ殺しているのを、加地谷は見逃さなかった。

一方で、コイツの言う通り、虫の居所が悪いのは事実だった。でなければ、いくら加地谷でも、普段から善良な市民に牙《きば》をむくようなことはしない。

「もしかして、今朝、課長が言ってたことまだ気にしてるんすか？」

――図星。

「……別に。俺はただ、あいつの捜査方針に納得がいかねえだけだ。それに今回の事件は、五年前のとは関係ねえよ」

「関係ないって……え？」

浅羽は面食らったように表情を固めた。そのタイミングで葵が飲み物を運んできたが、浅
自慢の軽口でナンパする余裕は無かったらしい。女性店員が離れるのを待ってから、浅

羽は身を乗り出した。

「どういうことすか？　課長は五年前のグレゴール・キラー事件と同一犯の線で捜査するっていってましたけど」

「だから、それが違うって言ってんだ。二日前の高谷恵殺しは、五年前の手口を真似た模倣犯の仕業だ」

「模倣犯……」

オウム返しにして、浅羽は首をひねる。

「その証拠に、前回の事件との共通点は現場に残されたメッセージしかねえだろ」

加地谷は強く吐き捨て、アイスコーヒーをストローも使わずがぶ飲みした。

「『変身』の一節すよね。フランシスコ・ザビエルの」

「そりゃあ宣教師だろうが。フランツ・カフカだ馬鹿野郎」

呆《あき》れ顔で訂正すると、浅羽は「あれ、そうだっけ」などととぼけた顔で頬をかいた。

「それって、どんな話でしたっけ？」

「なんだお前、知らねえのか？」

「古典文学はあんまり読まないんすよ。俺の専門は基本的にオカルト関係っすから」

「オカルトだとぉ？　それってアレだろ。おばけだとか宇宙人だとかそういうのだろ？　オマエそれでも刑事かよ」

またしても呆れ顔で言うと、浅羽は心外だとばかりに眉を吊《つ》り上げた。

「関係ないでしょ。刑事だからって、おばけの存在を信じちゃいけないってことにはならないんすから。それに、ネッシーは偽物だったけど、イエティは実在しますよ。あとトロールも。日本で言えば、河童《かっぱ》は怪しいけどツチノコは絶対にいます」

しれっとそんなことを言われ、加地谷は呆れて言葉を失ってしまった。こいつと話をしていると、たまにとてつもない倦怠感《けんたいかん》に襲われ、無性に酒が飲みたくなる。

オカルトうんぬんはさておき、グレゴール・キラー事件とは今から五年前に、この町で発生した連続殺人事件の俗称である。わずか三か月の間に、連続して四件もの猟奇的な事件が発生し、その被害者たちの口腔《こうこう》内に二十世紀の作家フランツ・カフカによって執筆された『変身』の一節を記したメモが残されていたことが、ネーミングの由来となった。

ちなみに『変身』のあらすじはこうだ。主人公であるグレゴール・ザムザはある朝起きると気味の悪い毒虫に変身していた。彼は仕事にも行けず家に引きこもり、家族に世話をしてもらうようになるのだが、妹には毛嫌いされ、父親には暴力を振るわれてしまう。その父親に負わされた怪我が原因でグレゴールは死んでしまうのだが、家族は彼の死を悲しむどころか、悪夢から解放され清々《すがすが》しい気持ちでその後の人生を生きていくという、不条理極まりない結末である。

「ざっくりと説明すりゃあ、そういう内容だ」

「うわぁ。なんか気の毒っすねえ。その主人公」

浅羽が心底悲しそうな顔をしてコーラを吸い上げた。

「でも、それが殺人とどう関係してるんすかね。犯人は図書館の司書とか？」

「そんな安易なもんじゃねえだろうよ。『——**自責と心配に駆り立てられ、彼は這《は》い廻《まわ》り始めた**』なんて引用が被害者に対してのメッセージなのか、それとも俺たち警察に向けたものなのかは、今でもわかりゃしねえんだからな」

逆に言えば、犯人がそのメッセージを残した理由さえわかれば、一気に犯人に近づくのではないかと思うのだが、今日に至るまで、それを成し得た捜査員はいない。もちろん、加地谷も例外ではなかった。

「とにかく、そのメモが残されていたってだけで、犯行がグレゴール・キラーのものだと断定するのは早急だってことだよ。犯行の手口だって、昔の事件とは全然違う」

「どう違うんすか？」

「五年前の事件は、いずれの被害者も事件以前に身の危険を感じていた。『誰かに追われている気がする』『見られている気がする』ってな。おそらく犯人が周到に被害者の行動を監視し、機会をうかがっていたんだろう。だが今回の被害者にその兆候は見られなかった」

どれだけ聞き込みをしても、高谷恵がそういった前兆を訴えていたという証言は得られていない。少なくとも死の前日まで、彼女は普段と変わらぬ日々を送っていたようだ。

「それに、一番の理由はまだ発見されていない頭部と両手首だ。かつてグレゴール・キラーは四人の男女を殺害し、そのいずれの死体をも損壊した。奴にとって遺体は一種のアートみたいなもんで、損壊し、飾り付けるまでが一セットだった。メモが発見されたのもすべて口腔内で統一されていたんだ。それくらい常軌を逸した犯人の五年ぶりの犯行にしては、高谷恵の事件は簡素で雑過ぎる気がする。これじゃあまりにも……」

物足りない。そう続けそうになるのを誤魔化すように、加地谷はアイスコーヒーを喉《のど》に流し込んだ。

「言われてみれば、公園前の駐車場に停めた車が目撃されているのも、五年前の犯行時には考えられないことでしたよね」

「ああ、奴の犯行はそこまでずさんじゃねえ。少なくとも五年前は、そう簡単に尻尾《しっぽ》を出すような奴じゃなかった」

「でも今回の事件が本当に模倣犯の仕業だとしたら、どうしてグレゴール・キラーの真似をする必要があったんすかね？」

「……さあな」

小さく呟《つぶや》き、加地谷は残りのアイスコーヒーを一気に呷《あお》った。キンキンに冷えた液体が胃の中に流し込まれていくのを感じながら、加地谷は脳裏をよぎる元相棒の凄惨《せいさん》な姿と、ライターを持つ黒い影を交互に思い浮かべる。

この五年間、奴を追い続けることだけが刑事を続けるたった一つの目的だった。模倣犯とはいえ、再びグレゴール・キラーの名がこの町にあふれ、人々はその存在に恐怖するとともに、強く興味を傾けている。だとしたら、本物のグレゴール・キラーも例外ではない。

シリアルキラーは自身のテリトリーで犯罪を犯す。たとえ一時、そのテリトリーを離れたとしても、そこに執着する理由があるなら、必ず戻ってくるはず。

そして、今回の事件がその呼び水になるのだと、加地谷は強く確信していた。

3

玄関のドアを開けた途端に飛び込んできたのは、腕を組み、何故か薄笑いを浮かべながら仁王立ちする依子の姿だった。

「おかえり」

「ただいま……何、どうしたんだよ？」

こわごわ訊《たず》ねると、「どうしたじゃないでしょうが」と呆れた声が返ってくる。しかし、表情は依然としてニタニタといやらしい笑みを浮かべたまま、玄関からリビング、そして寝室へと向かう僕の後を執拗《しつよう》に付け回してきた。

「今日もあの店に寄ってきたわけ？」

「そうだけど、それが何？」

「ははぁーん。そうなんだぁ。今日もねぇ。これで三日連続だねぇ」

依子は腕組みをして、うんうんと肯《うなず》いている。

「好きなんだ」

「はぁ？　ななな、何言ってんだよ馬鹿じゃないの何言ってんだよ」

慌てて否定してみせると、依子は愉快そうに目を細めた。

「嘘をつくとき早口になる癖、直ってないんだね。わかりやすい奴」

そう言って、依子はまた笑う。かっと耳が熱くなるのを知覚し、僕は咳払いをくり返した。どうして依子には何でもかんでも見抜かれてしまうのだろう。年だって四つしか違わないはずなのに、いつまで経っても子供扱いされる理由はきっと、こういうところにあるのだ。

「で、どんな子なのよ？　年は？　見た目は？　教えてよぉー」

くねくねと身をよじりながら、依子は手を合わせて僕を拝む。往生際悪く隠し立てするのも気が引けたので、僕は結局、白川葵についてわかっていることを洗いざらい話して聞かせた。

「――ふぅん、おしゃれなカフェレストランで働いてて、二十歳くらいでって、そんなうっすい情報しかないの？　もっと他に何かあるでしょ？」

「何かって言われても、別にお喋《しゃべ》りをしに行ってるわけじゃないんだから、仕方ないだろ」

これは嘘じゃなかった。三日前、初仕事で意図せず霊と遭遇してしまい、気分が悪くなった僕は葵の勧めるカフェ『サンパギータ』の前でうずくまっているところを発見され、店内に運ばれた。そこでしばらく休ませてもらい、その後、夕食を食べて帰宅した。葵は店の外にまで見送りに来てくれて、通りの先を曲がるまで、僕に手を振ってくれていた。

たったそれだけのこと。人によっては気にも留めないような親切。だが、僕には彼女の気持ちがとてもありがたかったし、事実助けられもした。もしあのまま道で行き倒れていたら、熱中症にでもかかって今頃は病院のベッドの上だったかもしれない。

家に帰ってからも、次の日の仕事中も、彼女の顔や声が頭から離れず、仕事が終わると僕の足は自然とあの店に向いていた。昨日も、そして今日もである。普段、必要以上に外食などしない僕が引っ越してきてから毎日のように店に通い詰めていれば、依子じゃなくても何かあると気づくに決まっている。

「それはともかく、困ってるところを助けてもらってお店の常連になるなんて、すっごく自然な近づき方ができてるよね。このチャンスをものにしない手はないわよ」

僕以上に熱のこもった口調で、依子はまくしたてた。この年になるまで、女の子とろくに付き合った経験がない僕がこの手のことに消極的なのは依子もよく知っている。だからこそ、こうしてうるさいくらいにはやし立てて、僕のやる気を掻き立てようとしているのだろう。従姉妹《いとこ》として、僕を思いやってくれるその気持ちはとても嬉《うれ》しい。けれど僕は……。

胸にずしりとした鈍痛を覚え、無意識に依子から目をそらす。こんな僕が、人並みに恋なんて楽しんでいいわけがない。喉元まで出かかったその言葉を、かろうじて飲み込んだ。

「……もしかして、あの力のこと気にしてるの?」

否定する気にもなれず、僕は首を縦に振った。それを見て、依子は腕組みをすると、困り果てたように眉《まゆ》を寄せた。ひどく憂鬱《ゆううつ》で重々しいその表情を見るたび、僕は依子の身に起きた悲劇を思わずにはいられない。避けることなどできなかった。しかし、何かできることがあったのかもしれない。そんな後悔がこの身を容赦なくいたぶり打ちのめす。この感覚が、とにかく嫌でたまらなかった。

「何度も言うけどさ。あんたが悪いわけじゃないんだよ。ああなっちゃったのは、あんたの両親が——」

諭すような口調の依子を遮って、室内に間の抜けた電子音が鳴り響いた。ポケットに振動を感じスマホを取り出すと、画面には『清子《きよこ》叔母《おば》さん』と表示されている。ちら、と依子を確認すると、彼女は軽くため息をつき、興を削《そ》がれたとばかりに煙草をくわえて窓辺に立った。

窓を開けて新鮮な空気を室内に取り込みながら、僕はスマホを耳に当てる。

『あ、出た出た。孝一くん元気ー?』

底抜けに陽気な声が耳朶《じだ》を打ち、僕はつい頬を緩めた。

「うん、なんとかね。叔母さんこそ元気にしてるの？　叔父《おじ》さんはどう？」

『うちは変わらずよ。あの人は仕事仕事で私の話なんて何も聞いてくれないの。孝一くんがいた頃は、おしゃべりできる相手がいて楽しかったわぁ』

叔母さんのその口ぶりが、遠い昔を思い返しているようで胸が痛んだ。戸倉の家を出てからまだ三日だというのに、もうホームシックになりつつあるのだろうか。

『ところで、依子はどうしてる？　あの子、孝一くんに迷惑かけてないかしら？』

「えっと、依子なら……」

応じながら振り返ると、窓辺に寄り掛かり、煙草の煙で輪を作っていた依子が慌ててかぶりを振った。

その反応を見て、僕は複雑な想いを抱きつつも、

「大丈夫だよ。色々と手助けしてくれてる。今ちょっと手が離せなくて……」

『いいのよ別に。あの子、私となんか全然話したくないみたいだから。今に始まったことじゃないけれど、いい加減、叔母さん拗《す》ねちゃうわ』

そう言って、また朗らかに笑う叔母さんにつられて僕も笑った。こうして話していると、なんだか以前の生活に戻ったような気がして心が休まる。新しい土地にやってきて、慣れない仕事に一生懸命になっているせいか、自分でも知らぬ間に気を張っていたのかもしれない。

『疲れてるのにあまり長話しちゃいけないわね。お仕事、無理しないでね』

「うん、わかってるよ。職場の人はみんないい人だから安心して」

『そう、それじゃあまたね。何かあったら連絡してね。こっちはいつ帰って来てくれてもいいんだから』

「ありがとう、叔母さん。それじゃあ」

名残惜しそうに相槌《あいづち》を打つ叔母さんの声が耳に残り、僕はさっきまでとはまた別種の痛みを胸に感じた。けれどその一方で、離れたからこそお互いに気負うことのないやり取りができた気もしている。相応の苦しみは伴うけれど、やはり家を出るという決断をしたのは正解だった。

スマホをテーブルに置いて再び振り返ると、煙草を吸い終えた依子がじっとこちらを見つめていた。

「お母さん、何だって？」

「心配、してるんだと思う。僕たちのこと」

「ふん……あんたのことを、でしょ」

依子はどことなく寂しそうにこぼして自室へと消えていった。

翌日、仕事を終えた僕はボウリングに行こうという若槻さんと青山さんの誘いを丁重に断り工房を後にした。やや曇りがちな空に見下ろされながら通りを歩き、やがて繁華街の外れにある『サンパギータ』に辿《たど》り着く。ところが、今日は看板が出ておらず、店の明かりも消えていた。定休日だろうか、ドアのガラス部分には『CLOSED』の文字が掲げられていた。

「――休み、か」

ぽつりと、誰にともなく呟《つぶや》く。しばらくの間、何をするでもなく店の前に立ち尽くしていると、背後を行き交う人々に不審な目で見られたので、そそくさとその場を離れた。

歩きながらも脳裏に浮かんでくるのは、葵の朗らかな表情だった。いらっしゃいませ、と笑顔を向けられ、メニューを頼んで微笑まれ、召し上がれ、と優しく囁《ささや》かれる。そして会計を終えて店を出る時にまた来てくださいね、と首を軽く傾けられる。たったそれだけの些細《ささい》なやり取りがあるだけで、僕の胸は満たされる。だが、そうは言っても四日連続というのはさすがに続け過ぎだろうか。内心で自問した途端、急に恥ずかしい気持ちになって、僕は人知れず苦笑した。

たまにまっすぐ帰るのも悪くない。いつも帰りが遅くては、依子だって機嫌を悪くするかもしれないなと、もう一度苦笑してから足早に通りを横切り、大通りに出ようとした僕は、そこではたと足を止めた。

なにか聞こえた気がして周囲を見回す。視界の中に自分以外の人の姿はなかった。どこかの家の窓が開いていて、声が漏れているという様子も見受けられない。

気のせいだろうか。注意深く辺りを見渡し、背後を振り返る。しんと静まり返った路地に人の姿がないことを確認して、僕は小さく息をつきながら視線を前に戻した。

「うわぁ！」

次の瞬間、自分でも恥ずかしくなるくらい無様な声が出た。前方、二メートルほどの距離に、赤茶けたレンガ塀と電柱がある。それらに挟まれるようにして、地面にしゃがみ込んだ何者かの背中が唐突に視界に飛び込んできたからだった。

僕は警戒しながら横へと回り込み、しゃがみ込んでいる人物を遠巻きに窺《うかが》う。

「――」

囁くような声はその人物が発している様子だった。両ひざの間に頭を挟みこむようにして項垂《うなだ》れているその人物は、時折顔を上げ、思い出したように何かを呟いている。

「――こんな……心を奪われて……人間ではない……」

意味不明なその言葉に、僕は首をひねった。

「あの、大丈夫ですか？」

声をかけると、その人物――おそらく男性だ――は何かに怯《おび》えたように肩を震わせ、それからのっそりと首を持ち上げてこっちを向く。目が合った瞬間、見覚えのある顔だと思った。

「君は……『サンパギータ』の……」

細面で精悍《せいかん》な顔つきと、きりりとした眉が印象的なその青年は、『サンパギータ』で働いていた津島という人物に違いなかった。どこか影があるミステリアスな雰囲気を持ちながらも、いつも溌溂《はつらつ》としてお客さんとやり取りをしていた彼が、まるで別人のように沈んだ表情をしている。肌は青白く、目はどろりと据わっていた。半開きの口の端には、涎《よだれ》の筋が残っている。

「どうか、したの？」

問いかける声が思わず震える。津島は何も答えず、僕を凝視するばかりだった。

「どうして、こんなところに……」

さらに続けて問いかけようとした時、僕はハッとした。目の前の彼も十分に異様な姿をしていたが、それ以上に、彼に近づくにつれて、僕自身の身体が悲鳴を上げるように震え始めたのだ。指先がかじかみ、爪が紫色に変色する。そのうえ寒くもないのに息が白くなった。ここだけ真冬になったみたいに、全身を突き刺す冷気が容赦なく押し寄せてくる。どうなっているのかと怪訝《けげん》に感じる一方で、僕はさほどの時間をかけることなく、目の前の津島がこの異常事態の原因であることに思い至っていた。

津島はゆらりと、不自然な動作で立ち上がった。枯れ枝のように細長い体躯《たいく》が、至近距離から僕を見下ろす。

「……んせい……ざいます……これで……へんしん……」

断続的に、言葉を途切れさせながら、津島はこれまでとは違う何かを囁いた。聞いてはいけない。だが、聞かずにはいられない。そんな正体不明のジレンマが、僕の頭から冷静な判断力を奪い去っていく。

「う……うああ……血が……血がぁ！」

突然、津島は両手で頭を抱え、けたたましく叫んだ。頭をかきむしり、自らの顔面に爪を立てた津島の意味をなさない言葉が、断末魔のように轟《とどろ》いた。

僕はたまらず耳を塞《ふさ》いで津島に背を向けた。言葉が通じない。意思の疎通が図れない相手に、これ以上義理立てする必要もない。今すぐここから逃げ出さなくては。

僕は駆け出した。来た道とも、進もうとしていた道とも違う、一般道を折れ、砂利道の上を、つまずきそうになりながら必死に走る。なぜこの方向に来てしまったのか。自分でもわからなかった。ただ、あのまま路地を走り続けていたら、金切り声を上げる津島から逃げられない気がした。

抗《あらが》いがたい何かに導かれるような不思議な感覚で砂利道を進むうち、左右の景色がうっそうとした木々に囲まれた緑地帯へと変化していった。ぬかるんだ地面に足を取られそうになりながらも走り続け、ようやく立ち止まった僕は、いつの間にか叫び声が聞こえなくなっていることに気づく。全身を覆っていた突き刺すような悪寒も消えていた。

どうやら、津島の霊と距離をとることができたらしい。

そのことに安堵《あんど》すると同時に、今度は別の疑問が湧いてくる。津島の身に何が起きたのかという疑問である。彼がすでにこの世のものではないのなら、さっき目にしたのは彼の霊ということになる。そして、それは必然的に、彼の死を表してもいた。

徐々に意識がクリアになって来るにつれて、僕はそのことに、言い知れぬ違和感を覚え始めた。なぜ彼は僕の前に姿を現したのか。何かを伝えたかったにしても、意味をなさない言葉を並べるばかりで、まともな会話にならなかった。井上さんの時のように、自分の死を理解していないという感じでもなかった。

それに、何かおかしなことを言っていた。へんしん、がどうとか。

わからない。いくら考えたところで、霊の行動を理論立てて説明しろという方が無理な話だ。そう思い直し、砂利道の前後へと視線をやった僕は、しかしそこで、鼻先に妙な匂いを感じた。熱気に蒸されたような草花の匂いと、湿った土の匂い。それに混じって鉄と、饐《す》えたようなわずかに甘い匂い。

僕の視線は、誘われるように緑地へと注がれた。胸の位置まである背の高い雑草をかき分けるようにして、僕は緑地の奥へと足を踏み入れた。

前に進めば進むほど、周囲の草木が生い茂っていく。同時に、鼻に感じる妙な臭いも、ますます濃厚になっていった。やがて大きなモミの木がそびえる一角に分け入ると、ミステリーサークルよろしく、辺り一帯が踏みならされた広場のような空間に出た。

最初に飛び込んできたのは、目が眩《くら》むほどの赤だった。土も草も周囲の木々も、そこら一帯がどす黒い赤一色に染め上げられている。子供たちが秘密基地と称し、ひそかに集まっていそうな秘密めいた空間。周囲を背の高い草木に遮られたその広場が、一面血の色で埋め尽くされているのだった。

思わず息をのむほどの赤い世界を前に、僕はしばし呆然《ぼうぜん》と立ち尽くしていた。目の前に広がる光景が現実のものなのか、それとも唐突に現れた悪夢の入口なのか。その判断が、すぐにはつかなかった。

広場の中央には見上げるほど大きな木があり、その根元にもたれ、座り込んでいる人影がある。考えるまでもなく、それは津島に違いなかった。おぞましいほどに恐怖が凝縮された死の匂いが、むせ返るほどの臭気となって漂っている。

強く引き寄せられるような感覚がして、僕は津島のいる方へと近づいて行った。彼はがっくりと項垂れたままピクリとも動かない。地面には凄《すさ》まじい量の血だまりが広がり、スニーカーの裏がぐちゃりと奇妙な音を立てる。

「死んでる……」

さっき、霊になった彼を目にした時からわかっていたことではあったが、いざ口にすると、妙な現実感に襲われる。喉《のど》の奥からこみ上げてくる何かを堪《こら》えるように、僕は口元を手で覆った。

津島は頭から赤いペンキを被《かぶ》ったみたいに全身に血を被り、粘性のある雫《しずく》をまつ毛の先から滴らせている。虚《うつ》ろな眼差《まなざ》しを地面に向け、何か言いたげに口を半開きにさせていた。首筋にぱっくりと開いた傷口を見る限り、誰かに殺されたのは明らかだった。そこから流れた血が全身を覆うどろりとした赤黒い血と混ざりあい、奇妙な模様を作り出している。

手をかざすと熱を感じそうなほどに生々しいその亡骸《なきがら》を前に、僕はようやく現状を理解した。目の前に広がる光景が夢でも幻でもない、紛れもない現実であるという事実を。

直後、僕は激しい眩暈《めまい》に襲われ、ふらふらと後退しひざを折る。地面に膝《ひざ》をついた拍子に、撥《は》ねた血液が僕の服を容赦なく濡《ぬ》らした。そのことに頓着《とんちゃく》する余裕もなく、僕は四つん這《ば》いで身体を引きずるようにしながら血の海をかき分け、来た道を戻って草むらの外へと逃れ出る。そこを通りかかった五十代くらいの主婦二人組が、血しぶきであちこち赤黒くなった僕の姿を見るなり、けたたましい悲鳴を上げた。

第二章

1

現場に踏み入った加地谷が真っ先に目にしたのは、一面を埋め尽くす赤だった。

大きな通りから外れた路地のさらに奥、草木が鬱蒼《うっそう》と生い茂る緑地の中で、真っ赤なペンキをぶちまけたように、地面や草花、周囲の木々に至るまで、大量の血液がまき散らされている。まるでこの辺りだけに、血の雨でも降り注いだかのような、不自然なほどの赤い世界。

「豚の血ですね」

浅羽が手帳を片手に、ため息交じりに言った。

「豚だと？」

問い返してから、加地谷は納得する。これだけ大量の血を被害者の身体から抜き出すには、かなりの時間がかかる。何らかの理由でこの場所を血まみれにしたかった犯人は、被害者の血を抜く暇はないと判断し、代わりとなる豚の血を事前に用意しておいたのだろう。

「まだ確認中すけど、町の外れに規模は小さいですが、畜産業を営む牧場があります。そこで食肉用の豚を飼っているらしいんすよね」

言いながら、浅羽は自分の言葉にどこかおかしなところを見つけたような顔をして首を捻《ひね》った。

「入手経路はともかくとして、どうしてこんなことをしたんすかね。わざわざ豚の血を用意して現場にぶちまけるなんて……」

曖昧《あいまい》に肯《うなず》いてから、加地谷は遺体のそばへと近づく。すでに鑑識が作業を進めており、周囲の血だまりはある程度調べが進んでいた。歩くたびに粘りのある血液の感触が気色悪いことを除けば、血の海の中を進むのにさほどの苦労は強いられなかった。

大木にもたれて座り込む遺体の顔を覗《のぞ》き込む。まだ若い、大学生と思《おぼ》しきこの青年は、加地谷と浅羽が先日、立ち寄ったカフェ『サンパギータ』の店員だという。

「名前は津島義則《よしのり》。ここ数日バイトを休みがちで、家にも帰ってなかったみたいすけど、まさかこんな形で発見されるなんて、親御さんはショックでしょうね」

浅羽が珍しく言葉を失っている。遺体は特別傷つけられたわけでも、損壊されたわけでもない。腐敗が進んでいる様子もなかった。しかし、あまりに大量の血に囲まれているせいで、屋外だというのにむせ返るほどの血の匂いが漂っている。一面が赤く染め上げられた毒々しい光景もまた、嫌悪感を助長しており、同僚の刑事や鑑識課員の中にも、青ざめている者がちらほら見受けられた。

「メモがあったって？」

「被害者の口の中に押し込まれてました。今回も『変身』の引用っす」

浅羽はそばを通りかかった鑑識課員に合図をして、ビニール袋に入った手のひら大の紙片を受け取り、加地谷に手渡した。なんてことのないコピー用紙に赤い文字で記されていたのは、以下の内容だった。

『――こんなにも音楽に心を奪われているのに、それでも人間ではないのか』

受け取ったメモに視線を走らせながら、加地谷は言葉を失っていた。強烈な衝撃が、脳髄を駆け抜ける。

「これもグレゴール・キラーの手口を真似た模倣犯の仕業だと思います？」

「……いや、違う」

呻《うめ》くような声が、喉の奥から絞り出された。

「え、何すか……って、あたっ！」

問い返してくる浅羽を見向きもせずにひっぱたいて胸倉を摑《つか》む。

「ちょ、何するんすかカジさん。暴力反対、暴力反対！　何かしたんならまだしも、何にもしてないのに殴られるのは不本意っす！」

わめく浅羽をさらに締め上げると、ぐえ、と喉の奥から奇妙な呻きが漏れる。

「よく見ろ馬鹿野郎。この文字だよ」

「何なんすかもう、これがどうかしたんすか？　『変身』の引用でしょぉ？」

「だから違うんだよ。コイツは本物だ。模倣犯なんかじゃねえ」

言いながら、加地谷は浅羽の目前に紙片を突きつける。鼻が触れそうなほどの至近距離で血文字を見ながら、浅羽はその目を白黒させた。

「えぇ？　だってカジさん、昨日は確かに模倣犯だって、あんなに自信満々に言ってたじゃないすか」

「女子大生の件は模倣犯だと言ったんだ。だがこいつはよぉ……」

それ以上、言葉が出てこなかった。噴き出した汗が額に浮かび、胃がせり上がってくるような感覚。口の中が苦く感じられ、思わず生唾《なまつば》を飲み下した。

「おい、発見者はどこだ」

浅羽から手を離し、今度は近くにいた鑑識課員を摑まえて問い質《ただ》す。すでに署に移動したと聞かされるや、加地谷はすぐさま捜査車両へ取って返した。

「カジさん、現場どうするんすか。ねえってば」

「うるせえな馬鹿野郎。そんなもん、他の連中に任せておけばいいんだよ」

吐き捨てるように言い、加地谷は運転席に乗り込んでエンジンをかける。

「でも、第一発見者の話を聞くのは横山さんと道警本部から来たかわいこちゃんの担当なんすよ。俺たちは付近の聞き込みを……」

「ごちゃごちゃうるせえぞ。置いて行かれたくなかったらてめえも乗れ！」

「え、いや……あぁもう！」

後になって加地谷の単独行動について小言を言われるのが嫌だったのだろう。わずかな逡巡《しゅんじゅん》の後で、浅羽はえいやとばかりに助手席に飛び乗る。狭い路地で方向転換し、交通整理に当たっていた制服警官をクラクションで追い払ってから、加地谷はアクセルを思い切り踏み込んだ。

署に向かう最中、信号で捕まるたびに、加地谷は忌々しげに舌打ちしてハンドルに八つ当たりをした。

「ちょっとカジさん、どういうことなのかちゃんと説明してくださいよ。俺、全然わかんないっす」

普段ならここで暴言の一つでも吐いてやるのだが、今はそうするよりも、胸の内に渦巻く心境を言葉にして吐き出した方がいい気がした。このままイラついて運転を続けて、事故でも起こしたらそれこそ笑いものだ。

「五年前、グレゴール・キラーが四件の犯行を実行した際、現場に残されていた『変身』の引用文はすべて、被害者の口腔《こうこう》内に押し込められていた。だが前回の事件——高谷恵の時はそうじゃなかった」

「確か、ブラウスのポケットに入ってましたね。でもそれは、首を切断されたから口に入れられなかっただけじゃ？」

浅羽が記憶をたどるように言った。それを遮るように、加地谷は語気を強める。

「それにだ、グレゴール・キラーはコピー用紙にメッセージを印刷する。しかし前回の事件の時は適当にちぎったノートの切れ端に手書きで引用が記されていた。几帳面《きちようめん》なグレゴール・キラーの手口にしちゃ、随分とおざなりだと思わねえか」

「たまたまってことはないすか？　印刷しておくのを忘れてその辺の紙を使って書いたとか」

今思いついたような意見に対し、加地谷は頭《かぶり》を振った。

「被害者は頭と両手首を切断されたんだぞ。そこまで手間をかけるくせに、肝心な引用をやっつけ仕事で済ませるってのは奴らしくねえ。こういうシリアルキラーってのは簡単に手口を変えることはねえんだ。奴らにとって殺人ってのは、使う凶器や犯行現場、日にちや曜日、時間帯、月齢に至るまで、何かしらの法則に従って行われる『儀式』なんだよ。あんな風に小説の一節を現場に残すようなインテリぶった犯人てのは、そういう『習慣』を曲げることを極端に嫌うはずだ。今回の現場には、そういう几帳面さみたいなものが確かに感じられた」

一息に告げて、加地谷はハンドルを切る。ブレーキも踏まずにカーブへ進入したせいで、二人の身体は大きく左に傾いた。

「それじゃあ、前回は模倣犯だけど今回は本物ってことすよね。グレゴール・キラーが本当に戻って来たって、そういうことっすよね」

確認する浅羽の声にも熱がこもり、その表情には緊張が浮かんでいた。質《たち》の悪い模倣犯ではなく、過去に四件の猟奇殺人と一件の警官殺しを行い、今回新たに六人目の命を奪った連続殺人鬼がこの町にいる。今も素知らぬ顔をして一般人に紛れ込み、隠し持った刃《やいば》をちらつかせている。そう考えただけで、加地谷はいよいよ身の縮むような思いがした。ハンドルを握る手に汗が滲《にじ》み、心臓の鼓動は抑えようがないほどに速まっている。

「あの野郎が、またやりやがった……」

ぎり、と歯《は》嚙《が》みする音が車内に虚《むな》しく響く。

「カジさん……」

「あの時、相棒が……垣内が五人目の被害者になっちまったのは俺のせいだ。俺があの時、奴の心情をしっかりと見抜けていたら、垣内は死なずに済んだんだ」

何か言いたげな浅羽を遮るように、加地谷は食い気味に言葉を重ねた。

「奴は垣内を火で焼いて苦しめるか、銃で一思いに殺すかを俺に選ばせた。そんなふざけた選択を迫られたせいで、俺はパニックを起こしちまった。あともう少しでも冷静だったら、すぐに銃を手に取って奴を撃つことだってできたかもしれない。それなのに結局俺は動けなかった。そのせいで垣内は炎に焼かれ、苦しみ抜いて死ぬ羽目になっちまったんだよ」

信号が黄色に変わり、それから赤へと転じる。一度は踏みかけたブレーキから足を離し、加地谷はアクセルを踏み込んだ。エンジンがうなりを上げ、ぐんと加速した車両が交通量の多い交差点を凄《すさ》まじい速度で通過した。

気付けば加地谷は嗤《わら》っていた。それは、犯人に対するものではなく、当時の自分に向けた、嘲《あざけ》りの笑いだった。

「でも、カジさんは悪くないっすよ。そんな状況じゃあ、犯人の考えてることなんて見極められるわけが……」

「それでも、俺が生き残って垣内は死んだ。それが事実さ。あいつはみんなに好かれてたからな。先輩面して教育係だのと言っておきながら、守ってやれなかった俺が署の連中に白い目で見られるのも当然だ」

それっきり、車内には沈黙が降りた。幹線道路を抜けた先の荏原警察署まではもう少しだったが、その少しの距離が異様に長く感じられた。

「――どうでもいいことはやりたい奴にやらせておけ。でも大事なことは絶対に人任せにするな」

何の脈絡もなく、浅羽がそんなことを言い出した。

「あ？　なんだそれ」

問い返すと、浅羽はしばし、前方を見つめたまま静止していたが、やがて何か思い出すように斜め上を見上げて、

「昔、垣内さんに言われたことがあるんすよ。いい言葉だから覚えておけって」

「お前、あいつと面識あったのか」

思わず問い返すと、浅羽は「そうなんすよ」と得意になって表情を輝かせる。

「俺が札幌で交番勤務していた頃、同じ所轄の刑事課にいた垣内さんが、よく交番に顔出してくれたんすよ。非番の時なんて、バッティングセンターに連れて行ってもらったりして。お互い高校球児でしたから、話が合ったんすよね」

「……そう、だったのか」

懐かしそうに語る浅羽の横顔に、加地谷は人知れず後ろめたい気持ちを抱かされた。知らないところで、自分はこの若い刑事からも、垣内という存在を奪っていたことになる。それでも浅羽は、加地谷を憎む素振りなど見せたことがなかった。

ただの変わり者なのか、それとも、思いがけず思慮深い奴なのか。普段からそれほど深く考えているわけでもないが、加地谷はこの時、この新米刑事の本当の人間性みたいなものが、余計にわからなくなったような気がした。


荏原署の駐車場へと車両を乗り入れ、署内に飛び込んで階段を上がる。鬼気迫る様子の加地谷を見て、多くの署員が驚き、立ち止まり、振り返っては目を白黒させていたが、それらに構うことなく刑事部屋へ駆け込んだ。

「おい課長ぉ！」

加地谷の怒号めいた声が室内に響き、自身のデスクで横山や伶佳と何やら話し込んでいた課長の五十嵐が眼鏡の奥の陰湿そうな目を見開いた。

「なんだ加地谷。現場周辺の聞き込みはどうした？　目撃者でも現れたか？」

「そんなこと言ってる場合じゃないんだよ。今回は本物だ」

つかつかと歩み寄り、横山を押しのけてデスクの前に立つ。年齢は一つ下、階級は三つ上の五十嵐は、場違いなものでも見るような目で加地谷をねめつけた。

「何を言ってるんだ？　最初からそのつもりで捜査を進めているじゃないか」

「一件目の女子大生は違うんだよ。あれは奴じゃない。だが今回は奴だ。間違いない」

五十嵐はずり落ちた眼鏡を直し、くたびれたタヌキのような顔を怪訝《けげん》そうに歪《ゆが》めた。

「お前、何を根拠にそんなことを言ってるんだ？」

「根拠ならある。口に詰め込まれた『変身』の引用、手口の周到さ。豚の血まで使って現場を飾るやり方は間違いなく奴だ。行き当たりばったりで計画性のない一件目とは違ってな」

加地谷が言った直後、五十嵐と横山が同時に笑い出した。

「何がおかしい？」

きりきりと頭を締め付けるような苛立《いらだ》ちを抑えながら問うと、五十嵐は「悪い悪い」と手を振り、嫌みったらしい目つきで横山と目配《めくば》せをした。

「だから、最初からグレゴール・キラーの犯行だと捜査方針を固めていたじゃないか。今更、なにを知ったようなことを。お前のそういう、勝手な決めつけや単独行動のせい

冷静さを取り戻してたか。それとも……。


で垣内がどうなったか、忘れたわけじゃないだろう」

その一言に、加地谷の頭は急速に熱を失った。今にも噴火しそうだった感情の高ぶりが、嘘のように鎮まっていく。言葉をなくして押し黙る加地谷を見て、二人は再び、押し殺したような笑みを浮かべた。

「あの、課長。どういうことでしょうか？」

ふと、澄んだ声が割り込んだ。黙って様子を窺《うかが》っていた伶佳が説明を求めている。

「いや、天野くんの耳に入れるほどの話じゃないよ。ちょっとした身内のごたごたでね」

「身内のごたごた、ですか」

伶佳は納得いかない様子で繰り返したが、それ以上食い下がる様子は見せなかった。

苦笑する板見に代わって、横山が後を引き継ぐ。

「加地谷刑事はグレゴール・キラーのことになると周りが見えなくなる傾向があります。我々の捜査方針を無視して、一人で手柄を上げるつもりなんでしょう」

「ちょ、ちょっと待ってくださいよ。カジさんはそんなつもりじゃ……」

何か言いかける浅羽を遮って、横山は更に続ける。

「新人の相棒をよく手懐《てなず》けているようですが、今度は死なせたりしないでくださいよ加地谷さん。五年前はマスコミに散々叩《たた》かれた。市民からのクレーム処理だって大変だったんだ。全部あんたのせいですよ。俺たちはもう、あんたの尻《しり》ぬぐいなんてごめんですから」

怒り、蔑《さげす》み、嘲り。あらゆる負の感情をごちゃまぜにしたような顔をして、横山が加地谷を至近距離から見据えた。顎《あご》を持ち上げ、無理やりにでもこちらを見下ろそうとしている。

言い返すのは簡単だ。だが、加地谷はあえて何も言わなかった。垣内が殉職した責任は自分にある。遺族だけでなく同僚たちの間にも、若く前途ある警察官を失った悲しみは広がり、深く根をおろしては、今も怒りの葉を広げているのだ。

「いいか加地谷。お前の仕事は周辺の聞き込みだ。それ以上は何もするな。捜査方針に口も出すな。二つの事件は両方ともグレゴール・キラーの犯行。それが捜査の方針だ。余計なことをして、五年前と同じ轍《てつ》を踏むような真似は絶対に許さんぞ」

しっしっと手で払う素振りを見せ、五十嵐は興味をなくしたように視線を外した。ぶつ、と唇が裂ける感触を覚えながら、加地谷は負け犬よろしく踵《きびす》を返す。

だがその時——

「あんたら、まだそんなこと言ってカジさん一人に責任なすりつけてんすか」

浅羽の声が、室内に大きく響いた。思わず立ち止まり、加地谷は振り返る。

「おい浅羽、お前、課長に失礼だろ」

止めに入った先輩刑事の横山に対しても、浅羽は容赦なく食ってかかった。

「失礼なのはどっちすか。どうしてカジさんの話、ろくに聞こうとしないんすか？　犯人逮捕が最優先っつって、模倣犯捕まえても根本的な解決にはならないでしょ。本物のグレゴール・キラーを見つけて逮捕しないと、垣内さんの無念を晴らすことにだって繋《つな》がらない。そんなことも分かんないんすか」

「お前──」

力ずくで黙らせるつもりか、横山が浅羽に摑《つか》みかかる。それを止めようとしない五十嵐もまた、忌々しげに浅羽を睨《にら》みつけていた。

「前から思ってましたけど、あんたらは犯人逮捕よりも弱い者いじめの方が大事なんすよね。そういう余計なことに神経遣ってるから、ろくな捜査ができないんすよ。マジで老害っつうか、そういう昭和《しょうわ》のスポコンみたいな体質が……むぐぐっ！」

「いい加減にしろ、少し黙れクソガキ！」

強引に口を押さえられ、横山に引きずられる形で、浅羽は五十嵐のデスクから引きはがされた。手足をばたつかせて必死に抵抗するも、身長はともかく、体格という点では恵まれていない浅羽では屈強な横山の腕力に抗《あらが》えず、廊下に連れ出されてしまう。

その様子を驚いたように見ていた伶佳が困ったように眉《まゆ》を寄せ、加地谷へと視線を向けた。氷のようにクールな女の顔に微《かす》かな笑みが浮かんでいる。

「ちょっと！　カジさんもなんか言ってやってくださいよ！」

連れ出されてもなお喚《わめ》く浅羽の声に、周囲の署員たちが驚き、戸惑いの表情を浮かべる。

加地谷はすぐさま廊下に飛び出し、浅羽の胸倉をつかんで横山から解放した。

「もういい、行くぞ馬鹿野郎」

「でも、カジさん！」

腹の虫がおさまらない浅羽をよそに、スーツの乱れを直した横山がやれやれといった調子で刑事部屋へと戻っていく。

廊下に残され、しばし肩で息をしていた浅羽は、やがてネクタイを直し、上着のポケットから取り出した鏡で几帳面《きちょうめん》に前髪をいじりはじめた。

「お前なぁ。いきなりキレてんじゃねえよ。ああいうのは俺の役目だろうが」

「はぁ、なんかすんません」

ぶすっと応じる声に苦笑し、加地谷はため息をつく。

「それに弱い者いじめってなんだよ。まるで俺が気弱ないじめられっ子みたいじゃねえか」

「あれは言葉の綾《あや》っていうか、俺はただカジさんの味方がしたかっただけっすよ」

「あのな、いらん気遣って、そんなことする必要なんかねえんだよ。お前はたまたま俺とコンビを組むことになった不幸な新人刑事で、仕方なく俺と行動を共にしてるんだってところを見せておかねえと、お前まで上から睨まれちまうぞ」

説いて聞かせるように言うと、浅羽はしばし黙り込んだ後で、

「たまたまじゃないっす。俺、自分から希望してカジさんの相棒になったんすから」

「あぁ？　何言ってんだお前？」

思わず問い返す。だが浅羽はちら、とこちらを窺っただけで、詳しく語ろうとはしなかった。どこかもどかしげに頬をかいてから、気を取り直すように咳払《せきばら》いをする。

「別に睨まれようが嫌われようが関係ないっすよ。もともと群れるのは好きじゃないんで。あんな連中より、俺はカジさんの味方っすから」

当たり前のように飛び出した浅羽の発言に、加地谷はついハッとする。

——俺、悟朗さんの味方ですから。

かつて垣内が同じことを口にした記憶が唐突に甦《よみがえ》り、加地谷は目を瞬《しばたた》く。

「どうしたんすか、カジさん」

「……ふん、何でもねえよ。お前こそ、らしくねえこと言ってんじゃあねえぞ」

たった今直したばかりの浅羽の髪をぐしゃぐしゃにかきまわし、加地谷は憎まれ口を叩く。

「あ、ちょっとやめてくださいよ！　もぉー！」

不満そうに喚く浅羽の声をよそに、加地谷は廊下の隅に追いやられたように佇《たたず》む自販機でホットコーヒーを買った。湯気の立つそれをずず、と啜《すす》りながら、そばにあったベンチに腰を下ろす。

「カジさん、これからどうするんすか？　聞き込みに戻るんすか？」

同じ自販機で冷たいココアを買った浅羽が正面に立つ。依然として不満そうな声である。

「大人しく聞き込みなんてしていられる気分じゃあねえよなぁ。クソ、何かいいネタはねえのかよ」

独り言のように愚痴って、コーヒーを呷《あお》る。勢いよく口の中に流し込んだせいで、少し舌を火傷《やけど》した。

「あ……そういえば俺、ミドリちゃんとのデートで現場の側にいたおかげで、かなり早い段階に現場に着いたんすけど、最初に現着した巡査が妙なこと言ってたんすよね」

「妙なこと？」

「厳密には第一発見者が言ってたらしいんすけど、事件現場の側で、被害者が何か言ってるのを聞いたとか。でも、おかしいっすよね。発見された時、被害者は死後十時間以上経過していたんすから」

普通に考えて、被害者の声が聞こえるはずはない。だが、第一発見者はその声を聞いて不審に思い、現場を発見したのだという。

おかしな食い違いが生じている気がして、加地谷は低くうなり声を上げた。

「これってもしかして、被害者じゃなくて犯人の声ってことないっすかね？　何らかの理由で現場に戻って来たとかそういう……」

「その発見者、今たしか署にいるんだよな」

加地谷は立ち上がり、浅羽に詰め寄った。

「ええ、臼井《うすい》さんたちが詳しい状況を……って、ちょっとカジさん、どこいくんすか！」

まだ中身の残っているコーヒーをゴミ箱に投げ捨て、加地谷は駆け出した。

2

殺人事件の第一発見者となった僕は、パトカーに乗せられて警察署に連れていかれ、そこで事細かに事情聴取をされた。後でわかったことだが、現場に飛び散っていたのは豚の血だったらしく、その血が大量に付着していた衣服も預けることになった。代わりに貸し出してもらったジャージに着替え、聴取を終えた時には既に時刻は午後十一時を回っていた。

事情聴取といえば、てっきり取調室のような場所で話をさせられるのかと思ったが、意外にもそんなことはなく、ちょっとした会議室のような部屋の一角で、二人の刑事と長机を挟んで向かい合い、遺体発見に至る経緯などを何度も繰り返し確認された。

いくつか問答を繰り返すうち、僕が犯人の姿や、その他の重要な手がかりとなるものを見ていないことが分かると、刑事たちは残念そうに肩を落としていた。本当は、多少なりとも手掛かりになり得る情報を提供したいところだが、曖昧《あいまい》なことを口にしたらかえって迷惑になるだろう。それに、正面に座る二人の刑事は、僕のような奴の与太話《よたばなし》を真剣に受け止めてくれるほど物好きなタイプには見えなかった。

「お時間をありがとうございました。後日、またお話を伺うことがあるかもしれませんので、その際にはご協力をお願いします」

そう言って恰幅《かっぷく》の良い方の刑事が立ち上がった時、会議室のドアが乱暴に開かれ、眼光の鋭い熊のような体軀《たいく》の中年男がのそりと顔をのぞかせた。

「ちょっと邪魔するぞ。そこにいるのが第一発見者か？」

ドスのきいた声で訊《たず》ねながら、熊のような男の視線が一直線に僕へと注がれる。

「何の用ですか加地谷さん。通報者の聴取はあなたの仕事じゃないはずだ」

「うっせえな馬鹿野郎。いいからお前ら、外に出てろ」

加地谷と呼ばれた刑事は、制止をものともせず会議室に踏み込んでくる。

「いやあ、すみませんっす先輩方。うちのカジさんの強引さには困ったもんですよね。でもまあ、ちょっと話をさせてもらうだけっすから」

加地谷に続いて会議室にやって来た若い刑事が、へこへこと頭を下げる。口調は柔らかく、申し訳なさそうな表情をしてはいるが、加地谷の行動を咎《とが》めようというつもりはなさそうである。

「いや、しかし……課長の許可が……」

「ああ、いいんだいいんだ。今、話してきたからよ」

「ほ、本当ですか……？」

刑事たちは顔を見合わせる。加地谷の言うことがどうにも信用できないらしい。

「あれ、疑ってます？　何なら確認してきたらどうすか？　つっても課長、今日はもう帰るって言ってたから、こんなことでいちいち電話なんてかけたら、機嫌損ねちゃうかもしれないっすけどね」

どこか芝居がかった口調で言いながら、若い刑事が人差し指を顎《あご》に当て、斜め上を見上げた。刑事たちは再び顔を見合わせ、しばしの逡巡《しゅんじゅん》の後に、

「それじゃあ、今回だけですよ」

そう言い残して、そそくさと会議室を出ていった。無理に言うことを聞かされたというよりは、新たにやって来たこの二人の刑事をなんとなく避けているという風情だった。関わり合いになりたくない、と言った感じだろうか。

ばたんと音を立てて会議室のドアが閉められた後、二人は僕の方に向き直る。

「あんたが、第一発見者だな？　名前はええと……」

パイプ椅子にどっかりと腰を下ろし、加地谷が僕の顔を覗《のぞ》き込んできた。

「戸倉です。戸倉孝一」

「戸倉さんね。俺は加地谷、こっちが浅羽だ。悪いがもう少しだけ話を聞かせてほしい。発見時の様子とか、そういうのだ」

「でも、それはもう何度も……」

説明した、と言い終えるより早く、加地谷の隣に腰を下ろした浅羽が、

「そうっすよね。わかりますよその気持ち。警察ってのはどうしてこう、同じことを繰り返し質問するんだって、嫌にもなりますよね。お気持ちお察しします」

「は、はあ……」

「おい浅羽、余計なことは良《い》いんだよ。お前は黙ってろ」

バッサリと切り捨てるような口調で吐き捨て、加地谷はパイプ椅子を蹴《け》りつける。浅羽は不満げな顔をしたが、加地谷が意に介した様子はなかった。

「悪いが何度でも答えてもらう。あんた、どうしてあの現場に行ったんだ？」

単刀直入に問われる。もう何度も答えた質問だ。

「仕事終わりで、家に帰るところだったんです――」

これまで刑事に話していた内容と同じ証言を繰り返した。『サンパギータ』が休みだったこと。普段は通らない道を通ったこと。途中で具合が悪くなり、ふらりと立ち入った草むらの中で現場を発見したこと。いくつか端折ったせいで足りない情報はあるかもしれないが、嘘をついたことにはならないはずだ。

僕が話し終えると、加地谷は何事か考え込むように腕組みをして、わずかに首をひねる。

「ちょっとわからねえんだが、具合が悪くなった理由は何なんだ？　まだ若いだろうに、悪い病気でも抱えてんのか？」

病気。そんなものかも知れないと内心で苦笑する。

「ちょっと眩暈《めまい》がしただけです。疲れがたまっていたりするとたまになるくらいで、病気というわけじゃ……」

「ほう、それで路地から外れて草むらの方へ入っていった？」

「何となく足が向いたっていうか、人のいないところに行きたくて……」

「何かを聞いたり、感じたりしたわけではないのか？」

「……ない、です」

ほんの一瞬、躊躇《ためら》う素振りを見せた僕に、加地谷の鋭い目がさらに細められた。

「あんた、現場で最初に話を聞かれた時、制服警官にこう言ったそうじゃねえか。『被害者の声が聞こえた』ってよぉ」

「それは……」

思わず口ごもる。確かに最初はそう言った。あの路地で遭遇した津島の霊と、彼が口にしていた意味不明の言葉を聞き、奇声じみた悲鳴に追い立てられるようにして路地から逃げ出し、その先の緑地で津島の死体を発見したのだと。

すると案の定、制服姿のお巡りさんはおかしなものでも見るような目で僕を見た。本当のことを言ったら余計に話がこじれてしまう。そう判断したから、動揺しておかしなことを口走ったことにした。さっきまでの事情聴取では最初から幽霊の話などしなかった。それが正しい判断だと信じてのことだった。

「なあ、詳しく教えてくれないか。何を聞いたんだ？」

加地谷は、黙り込んだ僕を見かねたように言った。口調は乱暴だったが、僕を見るその目はさっきまでの刑事たちとは違い、とても力強く真っすぐだった。

不意に、僕の意思にわずかな揺らぎが生じた。この人ならもしかして。そんな気持ちを抱くことがどれほど危険か、嫌というほどわかっているはずなのに、僕は堪《こら》えることができなかった。

「……はっきりと聞き取れなかったんですけど、**『心を奪われて』**とか**『人間ではない』**とか、そういう内容だった気がします」

何か思い当たる節があるのだろうか。僕の説明を聞いて、加地谷の目が大きく見開かれた。

「それと、血がどうとか言って、その後は何かに怯《おび》えるみたいに叫び始めました」

「血か。あの現場を見りゃあ、何のことを言ってるのかはわからないでもないが」

加地谷は斜め上を見上げながら言った。

「他には何も言ってなかったのか？　誰かと言い争うような声は？」

僕は頭《かぶり》を振って否定する。加地谷は「そうか」と引き下がりながらも、考えを巡らせるように腕組みをした。入れ替わりに、浅羽が口を開く。

「実はね、被害者が殺されたのは今日未明って検視結果が出てるんだよ。つまり、津島義則は、君が発見した時点でとっくに死んでたってこと。ということは、君が誰かの声を聞いたのだとしたら、それは犯人が発していたものって可能性があるんだよ」

「犯人が発していた？」

繰り返しながら、僕は浅羽の意見を強く否定していた。それはあり得ない。津島の霊を目撃した後、遺体を発見するまでの間は、長く見積もっても五分程度だ。あの場に犯人がいたなら、気づかなかったはずはない。

「僕が聞いたのは、確かに津島くんの声でした。犯人じゃありません」

「でも、その津島はとっくに死んでいたんだ。喋《しゃべ》ったり叫んだりなんて、出来るはずないだろ？」

浅羽の意見に頷《うなず》き、その上で、僕は再びそれを否定する。

「ええ、けど違うんです。聞いたは聞いたんですけど、実際に声がしたわけじゃなくて、津島という人の……霊が……」

「なに？　霊だと？」

驚き。次いで疑心に満ちた声が会議室に響いた。急激に温度が下降するみたいに、加地谷の顔から熱が失《う》せていく。会議室は一瞬にして沈黙に包まれ、その重々しい空気が僕を押しつぶそうとする。

「ぼ、僕はその……時々、視えるんです。死んだ人の霊が。津島という人の霊は、あそこの路地でしゃがみ込んでいて、それで声をかけたら、さっきの言葉を繰り返し呟《つぶや》いていて、何かとても嫌な感じがして、それで……それで彼は急に叫び出して、それっきり……」

気持ちばかりが急《せ》いてしまい、まともな説明が出来なかった。僕が必死に訴える姿を、加地谷と浅羽は困惑した様子で見守っている。

二人の顔を見ているうちに、ああ、またこの感じかと、僕の気持ちは急速に冷めていった。顔を見ればわかる。加地谷はもはや、僕の言うことを信じるとか信じないとか、そういう次元の考えを抱いてはいなかった。もっとこう、根本的なところで、僕という人間を品定めするかのように、訝《いぶか》しげな眼差《まなざ》しをあらわにしている。やがてその表情は、落胆の色へと変化していった。

一方の浅羽はというと、どことなく好奇の目を輝かせ、机に両手をついてこれでもかとばかりに身を乗り出していた。

「今の話、マジなの？　もしかして君、霊能力者か何か？」

ずばりと聞かれ、返答に困った。その手の話に興味があるのか、浅羽は職務をそっちのけで嬉々《きき》とした表情を浮かべている。

「霊が視えるんでしょ？　すごいじゃない。霊ってどんな感じ？　やっぱ、身体が半分透けてたりするの？　会話とか、普通にできちゃうんだ？　すごいなぁ。それで津島くんはどんな感じに――」

すぱぁん、と乾いた音が会議室に響き、後頭部をひっぱたかれた浅羽が、前のめりに机に突っ伏した。

「何を興奮してやがんだてめぇは。怪談好きの小学生かよ。あんたも、今が悪ふざけしているような場合じゃねぇことくらいわかるよな？」

「でも、僕は……」

そんなつもりはない。嘘なんてついていないと言いたかったけれど、加地谷の鋭い視線に気圧《けお》されてしまい、何も言うことができなかった。

「話は終わりだ。もう帰っていい」

加地谷は愛想をつかしたように視線をそらし、音をさせて椅子から立ち上がる。

「浅羽、俺たちも行くぞ」

「行くってどこへすか？」

「帰るんだよ。今何時だと思ってんだ馬鹿野郎。明日《あした》っからの聞き込みに備えてさっさと休むんだろうが」

「でも、彼の話は……」

「刑事がこんな話を真に受けてどうすんだ。おら、さっさと行くぞ」

食い下がろうとする浅羽に強引に言い含め、加地谷は会議室を出ていってしまった。余計な時間を取らされたことが腹立たしいのだろう。立ち去っていく足音にまで、不機嫌さが滲《にじ》んでいた。

浅羽は見るからに名残惜しそうな顔をしていたが、「じゃあ、そういうことで」と曖《あい》昧《まい》な挨拶《あいさつ》をし、加地谷の後を追っていった。あっという間に取り残されてしまった僕は、のろのろと立ち上がり、荷物を持って会議室を出る。行き交う職員たちの邪魔にならないよう気を付けながら廊下を進み、階段を下りて受付の前を通り過ぎ、外に出て駐車場を横切ると、静まり返った通りをオレンジ色の街灯が照らしていた。

ろくに通行人のいない寂しい通りをとぼとぼと歩きながら、僕は後悔と自己嫌悪に苛《さいな》まれていた。やはり、霊のことを話したのは間違いだったと、遅まきながら気づく。いくら本当のことだとしても、事実をそのまま話してしまえば、悪ふざけと受け取られてしまうのも無理はない。けれど霊の姿が視えてしまうのは僕にとっては動かしようのない事実だし、妄想でも何でもなく、現実のものなのだ。この力のせいで、戸倉の家にいる頃から、つらいことはいくつもあった。

戸倉の叔父《おじ》や叔母《おば》をはじめ、何人かに打ち明けたことはあるけれど、誰もがことごとく信じてくれなかった。およそ作り話としか思えないような僕のこの話を、唯一頭から否定しなかったのは、ただ一人。依子だけだったのだから。

あわよくば信じてもらえるのではないか。そんな甘い毒に踊らされて、つい口を滑らせてしまった自分が恥ずかしくてたまらなかった。

無人の交差点に立ち、信号が青に変わるのを待って歩き出した僕は、そこで横断歩道を渡りきった先に佇《たたず》む見慣れた人影を見つけた。

「……依子」

「遅かったから心配でさ。なんか、落ち込んでるみたいじゃん」

照れ隠しのためか、視線を斜め上にやって頬の辺りをかいた依子は、街灯の下でおもむろに腕組みをした。

「……うん、ちょっと色々あって、殺人事件の第一発見者になっちゃったんだ」

「なにそれ、そんなことってあるんだね」

依子は驚いたように目を瞬《しばた》き、詳細な説明を求めてきた。促されるままに話すと、やがて依子は何かを察したように眉《まゆ》を寄せた。

「なるほどね。それで刑事に力のこと話したけど、信じてもらえなかったんだ」

項垂《うなだ》れるようにして頷くと、依子は合点がいったように深く息をつく。

「まあ、当然っちゃあ当然だろうね。刑事がそんなもの許容しちゃったら、この国の司法は成り立たない。殺人犯だって有罪にできないよ」

冗談めかして、依子は笑う。長い一日の出来事をぽつりぽつり話しながら、僕たちは肩を並べて夜の街を歩いた。

信じてもらいたいという気持ちよりも、誰かの役に立ちたかった。そういうと、依子はうんうんと頷き、それから少しだけ不安そうな顔をして、

「こんなこと言ったら無責任に思われるかもしれないけど、もう関わらない方がいいと思う」

思わず立ち止まり、依子を見る。彼女は表情一つ変えずに先を続けた。

「殺人事件なんて、一般市民のあんたが口を挟むことじゃない。餅《もち》は餅屋っていうでしょ。危ないことは警察に任せて、もう忘れよう」

「……うん、そうだね」

小さくうなずきながら、また歩き出す。月明かりさえ失われた暗闇をとぼとぼと進む僕の頭の中には、真っ赤な血の海に沈む津島義則の虚《うつ》ろな顔が、いつまでも焼き付いていた。

3

家に帰り着くなりベッドに倒れ込んだ僕は、翌朝、社長からの電話で目が覚めた。さほど広くもない町である。昨夜の件はすでに社長の耳に入っており、今日は休んでいいと言ってくれた。申し訳ない気もしたが、社長の好意に甘えて今日は休むことにした。

二度寝するほど身体の疲れを感じてはいなかったが、だからと言って何かする元気があるわけでもない。結局、昼近くまでベッドでゴロゴロして過ごし、ごく自然な流れで空腹を覚えた僕は、姿を現さない依子を刺激しないよう、そっとアパートを抜け出した。

歩きながら、昨日の夜は何も食べていないことに気付く。と、それをきっかけに腹の虫が騒ぎ出し、僕の足は自然と『サンパギータ』に向いた。定休日ではないことに安堵《あんど》しつつ店に入ると、店内は閑散としていて、カウンター席に座り俯《うつむ》いていた葵がはっと顔を上げた。

「いらっしゃいませ……って、戸倉くん」

僕の顔を見て驚いたように目を瞬かせた葵は、何か言いたそうに視線をさまよわせた。

「あの、大丈夫ですか？」

思わず問いかけると、葵は「うん、何でもないの。ただちょっと……」などと言いよどみ、目尻《めじり》に残る涙を指先で拭《ぬぐ》った。それから助けを求めるようにキッチンのマスターを見やる。

「ここで働いていた津島くん、わかるでしょ？　実は彼が昨日……」

そこまでいって声を震わせた葵が、口元を押さえて黙り込んだ。何度も瞬《まばた》きを繰り返し、我慢しようとしているけれど、うまくいかずに大粒の涙が流れ落ちる。津島が殺人事件の被害者になってしまったことを伝えようとしているのだろう。だが、言葉にすることがどうしても出来なくて、子供のようにぽろぽろと涙を流す葵の姿に、僕は耐えがたいほどの胸の痛みを感じた。

「大丈夫。言わなくてもわかります」

え、と顔を上げた葵とマスターに、僕は昨日の顛末《てんまつ》を打ち明けた。

「そうだったんだ。戸倉くんが第一発見者に……」

大変だったたね、と眉を寄せる葵に、僕は慌ててかぶりを振った。

「そんな……白川さんやマスターは津島くんと親しかったんだから、僕なんかよりもずっとショックが大きいはずですし……」

二人は否定せず、複雑そうに表情を歪《ゆが》めた。聞けば、津島は小さい頃から両親に連れられてこの店をよく利用していたらしい。その成長を間近で見てきたマスターとしては、津島を親戚《しんせき》の子のように感じていたのだという。葵にしても、ほんの一年程度の付き合いしかなかったが、大学も同じでそれなりに共通の友人も多いらしく、突然の訃報《ふほう》にまだ気持ちが追いついていない、という様子だった。

「テレビでも報道されているが、事件が事件だからなぁ。マスコミなんかが来る前に、今日はもう店を閉めようかって話してたんだ」

スキンヘッドの頭をつるりと撫《な》でながら、マスターが苦々しく言った。そういうことならと僕もまた後日に出直す旨を伝えようとした時、背後でドアベルが鳴った。

「どうもー。あ、葵ちゃんはっけーん。エプロン姿ちょーかわいいじゃーん」

陽気な声と共に現れたのは、いかにも遊び歩いている大学生、といった風情の金髪の男だった。その姿をひと目見て、僕は思わず身構え、反射的に道をあける。

「大脇《おおわき》くん……」

金髪の青年をそう呼び、葵はこれまで以上に表情を暗く濁らせた。彼女の心中になどまるで気づかない様子で、浅黒い肌に似合わぬ白い歯を輝かせた大脇は馴《な》れ馴れしく葵の腕に触れると、

「大丈夫？　今日、ゼミにもこなかったからさぁ、へこんでるんじゃないかって心配だったんだよね。で、せっかくだからみんな連れて様子見に来たんだ。ここ、津島も働いてたんでしょ？　あいつのことで葵ちゃんがショックうけてるんじゃないかって心配で

さぁ。バイト仲間が殺されちゃったなんて、つらいよねー」

デリカシーの欠片《かけら》もないような口調で言いながら、大脇は葵の顔を覗《のぞ》き込んだ。彼に続いて、ぞろぞろと六人ほど似たような風貌《ふうぼう》の青年たちが店内にやってきて、密着した二人を冷やかすように声を上げ、案内されてもいないのに座席を占領していく。

「とりあえず腹減ったからさ、何か食わせてよ。あとビールね」

「おい、昼からビールとかありえねえし。つーか運転どうすんだよ」

「だな、じゃあ俺ワインで」

「結局飲酒かよ。マジ捕まれオマエ」

げらげらと、声のボリュームも考えずに談笑する彼らを困ったように見てから、葵は「戸倉くんも食べていって」と言ってくれたので、僕はカウンターの隅に腰を下ろし、ハンバーグ定食を注文した。

料理を待っている間も、大脇の一団は大声で喋《しゃべ》り、笑い、意味のない乾杯を繰り返しては大騒ぎだった。

「ねえねえ葵ちゃん、バイト何時に終わるの？　このあと遊びいこーよ」

案の定というかなんというか、最初からそのつもりで来たらしい大脇が、注文したステーキをそっちのけで再び葵に言い寄り始めた。

「ごめん、今日はちょっと用事があるから」

「その用事って緊急なの？　よかったら車で送るから、終わったら出かけようよ」

葵は困り顔で断り続けているのだが、大脇はなかなか諦《あきら》めようとしない。さほど広くはない店内で大声で喋っているのだから、嫌でもその会話は聞こえてしまう。嫌がっている葵の姿を見たくなくて目をそらすけれど、困っている彼女を放っておけない気持ちが先に立ち、気にせずにはいられなかった。何より、大脇を直視してはいけないという危機感に苛《さいな》まれ、心が落ち着かない。

そうしているうち、徐々にではあるが大脇の声色に変化が表れ始める。

「あー、もう。葵ちゃんノリ悪いよねぇ。こんなに誘ってるのにダメなわけぇ？」

僕はハンバーグを食べる手を止め、振り向きたい気持ちを必死にこらえた。見ないようにと自分に言い聞かせるけれど、僕の意志とは無関係に、視線が大脇のいる方へと吸い寄せられてしまう。

「ねえ、葵ちゃんってば。一緒に出掛けようよ。こいつら邪魔ならどっか捨てていくからさ。二人で海でも行っちゃう？」

周囲の仲間たちがひゅーと口笛を吹き、そのままお持ち帰り？　なんて野次を飛ばした。やめろよ、などと喚《わめ》く大脇は、言葉とは裏腹にとても気分がよさそうだ。

「ごめんなさい。本当に用事があるから」

「用事用事ってさあ、いつもはっきり言わないじゃん。あ、もしかして男？　だったら俺、妬《や》いちゃうなぁ」

「いや、でも……」

突然、葵の手を摑《つか》み、自分の方に引き寄せながら、大脇はじっとりとした視線を彼女の全身に這《は》わす。大脇の軽薄そうな横顔を見ているだけで、僕は怖気《おぞけ》にも似た不快感が止まらなかった。彼から目をそらそうとするのにうまくいかず、徐々に視界がちかちかと瞬き、目の奥が熱くなる。水を飲もうと伸ばした手が酷《ひど》く震えていたせいで、摑み損ねたグラスを倒してしまった。

「戸倉くん、大丈夫？」

僕の異変に気付いたのか、葵が踵《きびす》を返す。しかし、立ち上がった大脇がそれを許さなかった。

「ちょっと待てって。そんな奴よりも、俺の誘いに答えるのが先でしょ？」

遠巻きに僕を見る大脇の目は冷たく引き絞られ、邪魔をするなという本音が表情にありありと浮かんでいる。

「いや、離して」

「大丈夫大丈夫。ねえ、いこーよ。俺、マジで葵ちゃんのことが好きなんだよ。津島のことで落ち込んでるんでしょ？　あ、もしかして津島といい感じだったとか？　それで落ち込んでるの？」

「ちが……津島くんとは何も……」

「そうだよね。津島にはさぁ、好きな女がいたはずだもん。なんとかって居酒屋の子。ストーカーみたいに通い詰めてたから、葵ちゃんに手出したりなんかしないか」

否定しようとした葵をよそに、大脇は一人で納得し、再び馴れ馴れしく葵の肩に手を回そうとする。

「ほら、俺が慰めてあげる。ちゃんと大事にするから、素直になんなよ」

嫌がる葵を大脇は強く引き戻し、細い腰に日焼けした腕を回す。その瞬間、僕はこらえきれなくなって立ち上がった。がたんと音を立て、椅子が後方に倒れると、店内にいた全員の目が、僕に集中する。

「――大事にした結果が、それですか」

「……はぁ？　何言ってんだ、お前？」

唐突な質問に顔をしかめ、大脇が問い返してくる。目が合った瞬間、全身に寒気が走り、手足は針で突き刺したみたいだった。頭を強く揺さぶるような眩暈《めまい》も、金槌《かなづち》で殴られたような頭の痛みも、際限なく増していく。

「何人、堕《お》ろさせたんですか？」

「……は？　はぁ？」

問い返す大脇の声が、奇妙に裏返る。

「一人や二人じゃない。もう数えきれないほど張り付いてる。肩にも、背中にも。あんた、それでよく平気でいられますね」

脅しやハッタリではなく、それは僕の本心から飛び出した言葉だった。

最初に目にしたときから、大脇の身体には黒く濁った影のようなものがいくつも張りついていた。まだ赤ん坊の姿にもならない、小さな小さな命の片鱗《へんりん》。実体を持つにはあまりにも早すぎた生命の残滓《ざんし》が、黒い手足をいっぱいに広げ、がっちりと彼の身体にしがみついている。恨みや憎しみと言った感情からではない、純然たる執着という名の呪いを体現したような姿で。

「ちゃんと供養もしてない。何人死なせたかも覚えてない。おまけに『そういうこと』になった相手とはすぐに別れている。最初から大切になんかしてないんだ」

「なっ……！」

大脇は血の気の引いた顔で無様に口を開閉させ、気持ち悪いものでも見るような目で僕を見た。

「ちが、違うんだよ葵ちゃん。俺はそんな……」

言い訳しようとする大脇の手を振りほどき、葵は胸の辺りでお盆を抱きしめる。険しい表情には、明らかな拒絶の色が浮かんでいた。

「おい、いい加減なこと言ってんじゃねえぞ。この――」

大脇が声を荒らげ、大股《おおまた》で迫って来た。握りしめた拳《こぶし》を今にも振りぬこうとする剣幕で、至近距離から僕を睨《にら》みつける。

彼が近くに来れば来るほど、その身体に張り付いた無数の小さな霊たちの影響で、僕の身体は不調をきたす。直接何かをして来るわけではないが、生まれてくることすら許されなかった無念さが、まるで刃《やいば》のように研ぎ澄まされ、僕を切り刻もうとしていた。

「こんなことを繰り返してたら、いつかあんた自身がその子たちに引っ張られるぞ」

——もう、とっくに手遅れかもしれないけど。

喉元《のどもと》まで出かかっていた言葉を、かろうじて飲み込んだ。彼の身体を這いまわる黒く小さな影は、何がおかしいのか、その身を小刻みに震わせながらけたけたと笑っている。

「ああ？　ふざけんなよクソが。ガタガタ震えてるくせに、粋《いき》がってんじゃねえよ」

大脇が僕に掴みかかってきた。怒りに見えたそれはむしろ怯《おび》えに近かったかもしれない。突然、見ず知らずの相手に突《つ》かれたくない部分を突かれたのだから、当然の反応といえばそうなのだが。

大脇は力任せに僕の胸倉を締め上げ、強く揺さぶった。大脇と密着するということは、彼に張り付いている霊とも密着する形となり、襲い来る頭痛や吐き気がこれ以上ないほどに激化した。全身が鉛のように重く、ろくに抵抗もできない。されるがままにしていると、やがて足の力がふっと抜けた。大脇が手を離した拍子に、僕はふらふらと後方のテーブル席に倒れ込んでいった。卓上のスプーンやフォークが床に散らばり、けたたましい音を響かせる。

「おい大脇ぃ、いきなり暴力振るうとか野蛮人？」

「あーあ、壊した店のものは弁償してくださいねー」

茶々を入れる友人たちを振り返りもせず、大脇は床に倒れた僕をじっと見下ろしていた。僕がこれまで多くの人たちから向けられてきた、得体の知れないものを見るような目。そんなふうに見られるのがとにかく嫌で、出来る限り人とは関わらずに生きてきた。それなのに、自分からこんな状況に飛び込んでしまうなんて。

　愚かとしか言いようのない自分に対し、乾いた笑いがこみ上げてくる。いきなり笑い出した僕を頭のおかしい奴だと判断したのだろう。大脇はじりじりと後ずさり、

「クソ、何なんだよ、気持ちわりいな！」

　そう言い残して店を出ていった。友人たちは何が起きたのか理解できないといった調子でざわついていたが、キッチンから出てきたマスターが「金はいいからさっさと出ていけ」と凄《すご》むと、そそくさと立ち上がり、大脇を追いかけて店を出ていった。

「……戸倉くん、大丈夫？」

　静まり返った店内に、葵の弱々しい声が響く。上体を起こすと、すぐそばに屈《かが》みこんだ葵が、心配そうに僕の顔を覗《のぞ》き込んでいた。

「ごめんね、余計なことして……」

「ううん、助かったよ。あの人、同じ大学の人なんだけど、一度サークルに参加して以来、とにかくしつこくて。前は津島くんが追い払ってくれてたんだけど……」

　葵が、そこで不自然に黙り込んだ。彼女はそのまま驚いたように目を剝《む》いて、

「マスター、タオル下さい！」

　そう叫んだ。僕はぼんやりとした意識のままで、こめかみのあたりを伝った汗を拭《ぬぐ》う。

すると、思いがけずべったりと濡《ぬ》れた感触があった。

「あれ……?」

不思議に思って見ると、僕の右手は真っ赤な血に染まっていた。

「戸倉くん、しっかりして! いま、救急車を……」

叫ぶような葵の声を遠くに聞きながら、僕の意識は音もなく闇の底へと滑り落ちていった。

第三章

1

津島義則が殺害された事件を、警察は連続殺人鬼グレゴール・キラーによる犯行と発表した。これに反応したマスコミ各社はネットやテレビなどで大々的に報じ、新たな連続殺人事件の幕開けを煽情的《せんじょうてき》に書き立てた。

事件の翌日から、地元の小学校や中学校では集団登下校が行われ、教師や保護者、その他地域のボランティアによって見守り活動が開始された。子供たちのみならず、周辺住民全体に夜間の外出を自粛するよう呼びかける声も多く、この町の人々がいかにグレゴール・キラーの犯行に対する警戒心を強めているのかがよくうかがえた。

五年前の凄惨《せいさん》な連続殺人事件が、今もって彼らの胸に深い爪痕《つめあと》を残し、その悪夢が再び始まろうという新たな恐怖に、町の人々は誰もが陰鬱《いんうつ》な表情を浮かべていた。

事件から数日が経ったこの日、加地谷と浅羽は第二の被害者である津島義則が通学していた明北大学のキャンパスを訪れていた。

ここには五年前、グレゴール・キラー事件で捜査協力を求めた犯罪心理学の教授が在籍している。当時、加地谷は部外者に捜査情報を開示し、助言を受けるなんてことは気が進まなかったのだが、どんな手を使ってでも追い詰めるべきだと言って譲らなかった垣内に押し切られる形で、その教授——蒲生武臣《がもうたけおみ》に捜査協力を要請したのだった。

「それで、今回もその博士に話を聞きに来たってことすか」

「博士じゃなくて教授だ」

一応は訂正したものの、厳密にその二つの何が違うのか、自分でもよくわかっていないことに気付いた加地谷は内心で苦笑した。

「見るからにうさんくせえ、変人学者って感じの太鼓腹のじいさんなんだが、これが意外に優秀らしい。グレゴール・キラーの犯行パターンを分析して、次に事件が発生するであろう場所をいくつか予測してくれたんだ。その予測に従って警らしてたら、すぐそばで奴を発見した」

「へえ、すごいじゃないすか」

浅羽は感心したように喉《のど》を鳴らす。

「たまたま的中したって可能性もあるがな。おかげで俺と垣内はいち早く現場に到着して、逃走する奴を追って——」

そして、垣内は死んだ。

あえて言葉を濁した加地谷を気まずそうに一瞥《いちべつ》し、浅羽はポリポリと頬をかく。

「それじゃあ今回も、その教授に助言をもらいましょうよ。そんで、クソみたいな犯人をさっさと逮捕っすね」

そんなに簡単なものじゃないんだと小言を言いかけて、加地谷は思いとどまった。この男なりに気を遣ってくれている。そのことが少しだけ複雑に思えたからだ。

その後二人は、学生たちの物珍しそうな視線を受けながら大学構内を進み、第一校舎と表記された建物の中に入る。そこの一階にある事務局の受付で蒲生教授に会いたい旨を伝えたのだが、なんと彼は二週間の休暇を取り、ドイツに旅行中だという。

「大学が休業期間でもないってのに、優雅なもんっすねえ教授ってのは」

「どうりで電話にも出ねえはずだ。あの老いぼれめ……」

さらりと毒づきながら、加地谷は軽く舌打ちをした。それほどアテにしていたわけではないが、使えるカードが減ってしまったのは単純に痛手だった。課長をはじめ、署の連中から目の敵にされている加地谷には、捜査の最新情報はすぐには降りてこない。最低限の情報のみ与えられて、隅へ押しやられている状態なのだから、犯人へと繋《つな》がる手がかりだってそう簡単には得られないだろう。だからこそ、外部の力を借りたかったのだが。

「しゃあねえ。せっかくだから津島義則の関係者に話を――」

不自然に言葉を途切れさせ、加地谷は窓口の脇にある掲示板へと目を留めた。

「どうしたんすか、カジさん？」

「……これ、津島じゃねえのか？」

指を差した掲示板には、サークルの募集やゼミの募集、その他、大学に関するあらゆるお知らせや広告がひしめき合っている。それらの中に半ば埋もれたように掲示されているカラー用紙。十数名の学生と教授が一緒に写り込んでいる写真の中に、にっこりと愛想のよい笑顔を浮かべる津島義則の姿があった。

「被害者はここの学生っすからね。写ってても不思議はないでしょ」

この写真が何か？　と突っ込んでくる浅羽に曖昧《あいまい》な返事をしながら、加地谷は更に食い入るように写真に見入る。すぐ下に記された紹介文には『臨床心理学ゼミ』とあり『目に見えない心と無意識についての理解』と記述されている。ゼミのテーマというやつだろうか。

「おい浅羽、津島義則にはたしか通院歴があったよな」

「ありますね。小さい頃に列車の事故に遭って、一時期は心療内科――当時は精神科でしたけど、そこに通って治療を受けていたそうですよ」

浅羽が手帳を繰りながら応じた。その説明を受けながら、加地谷は妙なひっかかりを胸に抱く。それは、口にするまでもないような小さな違和感だった。まだ言葉にもできない、正体不明の違和感。

「なあ、ちょっとすまない、このゼミの担当――美間坂《みまさか》准教授はどこにいる？」

掲示されていたゼミの紹介用紙をむしり取り、窓口の若い女性職員に訊《たず》ねる。熊のような風貌《ふうぼう》の中年男に突然詰め寄られ、目を白黒させた女性職員はデスクのPCを操作して、「第二校舎の第三講堂で講義中です」とどぎまぎしながら応じた。

「カジさん、どうしたんすか。説明してくださいよ」

状況が飲み込めず、怪訝《けげん》そうにした浅羽が問う。

「もしかしたら、あるかもしれねえぞ。被害者の共通点ってやつがよ」

「え、マジすか？　共通点って何すか？　ねえカジさん、ねえってば！」

呼び止めようとする浅羽を置き去りに、加地谷ははやる気持ちを抑えながら第一校舎を後にした。


外壁がレンガ調のタイルで覆われた第二校舎には学食やテラス席、開放的な自習スペースや、何に使われるのかよくわからない小規模なホールがあり、講義の合間に時間を潰《つぶ》す学生たちの姿が多く見受けられた。小腹が空《す》いたから学食に寄ろうとごねる浅羽の頭をひっぱたいて階段を上り、二階フロアにある第三講堂の前に来ると、閉ざされたドアの向こうからはマイクを使って弁舌を振るう声が聞こえてくる。ドアに嵌《は》め込まれたガラス越しにのぞき込むと、黒板を指差しているのは洒落《しゃれ》たスーツ姿の長身の男だった。年齢は三十代半ばといったところか。彼が『臨床心理学ゼミ』の美間坂准教授であるらしい。

すぐに話を聞きたいところだが、無理に押し入って講義を中断させる権限などあるはずもない。仕方なくそばのベンチに腰掛け、講義が終わるのを待つことにした。退屈しのぎに説教でもしてやろうかと思ったのだが、浅羽は隣室の第二講堂の後方ドアに張り付くようにして、中の様子を物見遊山に眺めていた。第二講堂のドアは開放されており、講義の内容は簡単に聞き取れる。

「随分と熱心じゃねえか。おもしれえのか？」

「当たり前じゃないすか。ほら、見てくださいよ」

当然のようにいいながら、浅羽はドアの前に掲示されたプレートの表記を見る。そこには『現代に残存する地域集落における因習および風習の伝聞とその怪異性』と銘打たれた講義の紹介文があった。講師は『歴史学科日本史学研究室』の准教授澤村《さわむら》太一郎《たいちろう》とある。

「なんだこりゃあ。長ったらしくて何が言いてえのかさっぱりわかんねえな」

「要するに、田舎の古びた因習が、何故現代でも風化することなく行われているのかって内容みたいすね。稲なんとか村っていう、もうほとんど廃村になった所で二十数年に一度行われていた古い祭祀《さいし》について語ってるんすけど、これがまた、ものすごく不気味で興味深くて……」

普段から合コンやらデートやらといったこと以外にはほとんど興味を示さず、何に関しても話半分でしか聞こうとしない浅羽が、この時は珍しく、何かに取りつかれたような顔で舌なめずりをしている。

「俺、こういうの好きなんすよねぇ。ばあちゃんが田舎の人だから、地方にしかない風習みたいなのは小さい頃から馴染《なじ》みがあるし、何か異質な神様を封じる祭祀みたいなものも面白くて、大学では卒論のテーマにしたぐらいですよ」

「ばあさんの知恵袋をか？」

「『民俗学的視点から見た地方集落の風習』すよ。ああ、もう。興味ないんだったらちょっと黙っててくださいよ。内容が聞こえないじゃないすか」

浅羽は不満そうにしっしっと手で払う仕草をして、再び講堂の中を覗《のぞ》き込む。今にも手帳を取り出し、メモでも取りかねない様子だ。

そういえば昨日も、戸倉という事件の第一発見者に話を聞いた時、霊が視えるという与太話に対して、浅羽は興味津々な様子だった。元来、そういうオカルトめいた話が大好きなのだろう。だが、それならどうしてこの男は、オカルトと対極にあると言っても過言ではない警察組織に籍を置いているのだろう。

そんなとりとめもないことを考えているうちに、館内にチャイムの音が響き、第三講堂のドアが開いた。のっそりと立ち上がった加地谷を不審者でも見るような目つきで通り過ぎていく学生たちと入れ替わりに講堂へ足を踏み入れると、美間坂准教授と思《おぼ》しき人物は、数名の学生に囲まれて何やら話し込んでいた。

わずかに漏れ聞こえてくる内容を繋ぎ合わせると、どうやら津島の通夜や告別式について話しているらしいとわかる。彼の遺体は司法解剖に回されているので遺族のもとに帰って来るまでは通夜も行えない。そのため、学友である彼らは津島ときちんと別れを済ませることができていないのだ。そのことに対し、それぞれ思うところがあるのだろう。昨日まで普通に会話し、笑い合い、そして中には恋をしていた者もいたかもしれない。そんな学生たちに親身になって寄り添い、肩を叩《たた》き、優しい声をかける美間坂准教授は、加地谷の存在に気付くと、何か思いついたように眉《まゆ》を持ち上げ、軽くうなずくような仕草で会釈してきた。

勘が鋭いのか、こちらが刑事であること、そして津島義則について話を聞くためにやって来たことを察してくれたのだろう。彼は学生たちに何事か言い聞かせ、講堂の外へ出るよう促す。

学生たちが去り、二人きりになったところで、加地谷が教壇へと近づいていくと、美間坂は改まった様子で頭を下げ、

「はじめまして。刑事さん、ですよね？」

「荏原署の加地谷という者だ。あんたが美間坂教授？」

「准教授です」

訂正され、加地谷は素直に「これは失礼」と詫《わ》びた。美間坂は特別、気分を害した様子もなかったが、不意に笑みをかき消し、重々しい表情を作る。

「津島君のことは本当に残念です。とても優秀な学生でしたから」

教え子の死を嘆いているのだろう。美間坂は無念そうに眉を寄せた。

「昨日も別の刑事さんたちがやってきて、色々と話をしました。犯人はグレゴール・キラー、なんですよね？」

今やこの町で、高谷恵や津島義則の死をグレゴール・キラーの犯行だと疑っていない者は一人もいないのだろう。美間坂もれなくそのうちの一人であるらしい。

「それはまだなんとも。今日はセンセイにお聞きしたいことがありましてね」

曖昧にはぐらかし、加地谷は本題に入る。

「訊《き》きたいのは被害者のことだ」

「分かっていることはお答えしたはずですけど。大学では特に問題のある学生でもありませんでしたし」

「俺が知りたいのは、津島という青年の過去のことだ」

「過去……。もしかして、彼の病歴のことですか？　心療内科に通っていた時期の？」

強くうなずいた加地谷の反応を見て、質問の意図を察した美間坂は、テキストを片付ける手を止めて小さく息をついた。

「昨日の刑事さんは、そこまで聞いてきませんでしたよ」

「だから話さなかった？」

「いえ、そうじゃないんです。ただこれは、彼個人の問題です。私は精神科医ではないから守秘義務はないが、簡単に話すわけにもいかないというか……」

美間坂は困ったように眉を寄せる。端整な顔立ちに白い肌、どこか中性的な雰囲気を漂わせる彼がそんな表情を見せると、なんだか質問しているこっちが悪いことをしているような気がしてくる。そんな感覚を強引に振り払い、加地谷は訊ねた。

「失礼ですが、准教授の専門は？」

「臨床心理学です。もともと専攻は犯罪心理学だったんですが、犯罪者の心理よりも、被害に遭った方の役に立つような研究がしたくて、今はこっちを」

見た目だけでなく、信念すらも爽《さわ》やかで、非の打ち所がない。女にモテるやつというのは、こういう奴なんだろうなと、加地谷は内心で独《ひと》り言《ご》ちる。

「なるほど。それで、その臨床なんとかってのは……」

「臨床心理学です。不安や悩みを抱える人の心の問題を科学的に研究する学問、と言えばわかりやすいでしょうか」

全然わからん。という加地谷の心の声が聞こえたかのように、美間坂は軽く苦笑する。

「精神科医とは違うのか？」

「よく混同されるのですが、精神科医と臨床心理士は全くの別物です。医師が精神障害などの『心の病気』を投薬治療などによって原因の排除を目指すのに対し、臨床心理士は心の問題を単に除去すべきものとしては扱わず、問題を受け入れ、乗り越えられるように、カウンセリングや心理療法を用いて患者をサポートする役目があります」

なるほど、と相槌《あいづち》を打って、加地谷は形の上だけでもうなずいて見せる。

「さっきの学生たちは、その臨床心理士の卵ってことか」

「半分以上はそうですが、中には別の目的を持つ子もいます。というのも、この分野を学ぼうとする若者は、他人の役に立ちたいとか、そういう献身的な動機を持つ子ばかりとは限らないんです。自分自身がトラウマや精神的苦痛に悩んだり、そういったことを感じる心というものを知りたくてやって来る。ここでの学びを通じて、自分自身に対する理解を深めようとしているんでしょう」

再び「なるほど」とわかったような反応をして、加地谷はがりがりと頭をかいた。その反応をつぶさに観察し、美間坂もまた苦笑する。

「そういう理由から、学生の抱える悩みについて相談を受けることはよくあります。津島君もその一人でした」

亡くなった教え子の名を口にして、美間坂はやや複雑な表情を見せる。

「刑事さんは、彼の抱えていた心の問題が事件に関係あると？」

「その可能性を調べるために訊いているんだ。教えてくれると助かる」

でなきゃあ、面倒な手続きを踏むことになるとは、あえて口にしなかった。この人の好《よ》さそうな准教授の好意を引き出すためだった。美間坂はしばし逡巡《しゅんじゅん》したが、捜査の役に立つのなら、と自らを納得させるように話し始めた。

「津島君がまだ十二歳の頃のことです。夏休み、函館《はこだて》にいるおばあちゃんの所に一人で遊びに行くことになった津島君は、特急列車に飛び乗りました。もともと、列車の旅が大好きだったとのことで、先頭車両で運転席を覗き込みながら、意気揚々と旅を楽しんでいたそうです」

ところが、と美間坂は眉間《みけん》に縦皺《たてじわ》を刻んだ。

「とある駅を通過する時に、ホームに立っていた人物が列車の前に突然身を投げたんです。凄《すさ》まじい速度で走る列車に激突した瞬間、男性の身体はバラバラに千切れ、運転席のガラス一面に真っ赤な血が……」

その場面を克明に思い描き、加地谷は眉をひそめた。当時十二歳の津島少年は、およそ正視しかねるその光景を、直《じか》に目にしてしまったということになる。

「その時の彼のショックは相当なものでした。本人が言うには、その後しばらく意識を失ってしまい、気がつくと病院のベッドで両親が心配そうに彼を覗き込んでいたそうです。以来、彼はその時の光景がたびたびフラッシュバックするようになり、精神に著しい傷を負うことになった」

「トラウマを抱えるようになったと？」

「そういうことですね。ですが、彼の場合は単純なトラウマという形ではなく、恐怖症という形で症状が現れるようになりました」

「恐怖症……？」

加地谷がくり返すと、美間坂は静かに肯《うなず》き、

「正しくは『限局性恐怖症』。閉所や暗所、あるいは蛇やクモなど、特定の状況、生物

を激しく恐れる症状です。恐怖の対象は無数に存在し、生来的な対象と獲得的な対象に分かれますが、彼の場合は後者ですね」

　両手をそれぞれに見立て、美間坂はジェスチャーを交えて説明する。その程度の知識なら、加地谷にも覚えがあった。犯罪被害者が事件後にPTSDを患い、ある特定の状況に遭遇すると呼吸困難に陥ったり、失神したりするというケースを耳にしたことがある。恐怖症とは厳密にいえば違うかもしれないが、どちらも外的な要因によって強いストレスを受けた結果生じるものという点では同じだろう。

「津島君の場合は『血液』に対する恐怖でした。わずかでも血を見ると事故の光景が目に浮かぶそうで、激しい動悸《どうき》や眩暈《めまい》、貧血に襲われる。ひどい時は何日も起き上がれないほどに心身が耗弱してしまうこともあったようです」

「だが通院歴があるってことは、症状が改善されたってことだろ？」

　美間坂は目を伏せ、唇をかみしめながら頭《かぶり》を振った。

「残念ながら、治療は完全ではありませんでした。普段の生活で可能な限り血を見ないようにする――つまり距離をとることで、発作を抑制していたにすぎません。しかしこういった対症療法では、症状の根本的な解決には繋《つな》がりづらいのです。また通常の怪我や病気と違い、精神的な疾患というのは完治したかどうかを見極めることが難しい」

「完治させるよりも、恐怖の対象に近づかないことで発作を防いでいた？」

　そういうことです、と後を引き継ぎ、美間坂は深くうなずいた。

彼の話が事実であるなら、津島はやはり、血液を異常に恐れるという恐怖症を抱えていたことになる。それはつまり、グレゴール・キラーが豚の血を現場にぶちまけたのにも何かしらの理由があることを意味していた。

たまたま目を付けた津島がたまたま血液に対する恐怖症を抱えていて、グレゴール・キラーはたまたま豚の血を所持していた。そんなふざけた偶然があるわけはない。となると、犯人は津島が血を恐れていたことを事前に知っていたはずだ。十分に下調べをし、遺体を飾る血をも用意して犯行に及んだ。そう考えるのが妥当だろう。

やはり、模倣犯の仕業などではない。加地谷は今一度強く確信した。そのうえで、何故津島が被害者に選ばれたのかという疑問が頭の中をぐるぐると駆け巡っている。

「刑事さん？」

不意に問われ、加地谷は我に返った。

「いや、すまない。ちょっと考え事をな」

取り繕おうとした時、こんこん、とドアがノックされ、浅羽が顔をのぞかせた。

「カジさん。置いて行くなんてひどいっすよ」

「なんだ、もうお勉強は良《い》いのか？」

嫌みを込めて言ってやったが、浅羽は意に介するどころか、むしろ嬉《うれ》しそうに首を何度も縦に振った。

「それがですね、隣で講義してたセンセイから参考になる話が聞けましたよ」

「参考になる話だぁ？」

「あの澤村って准教授、色々な地方の因習や言い伝えなんかを研究している人なんすよ。で、そういう人だからオカルト方面も強くて、そういう作家の友人なんかもいるらしいんすよ。それがなんと、俺が大好きなホラー作家の先生で、サイン貰《もら》えないか聞いてみたら快くオッケーしてくれたんです。『あいつは頼まれなくても人にサイン本を押し付けるような奴ですから、かえって喜ぶと思いますよ』ですって。俺、超感動っすよぉ」

「……お前、捜査中に何してんだ？」

もはや怒る気にもなれず辟易《へきえき》する加地谷。その質問に応じようともせず、浅羽はひたすら熱っぽく続けた。

「それと、澤村准教授は死者の霊や魂についての話にも詳しくて、意見を聞かせてくれました。ほら、津島義則の霊を目撃したって青年いたじゃないすか。彼のことを……あてっ」

不意打ちとばかりに額をひっぱたくと、浅羽は目を白黒させてたたらを踏んだ。本当かウソかもわからないような証言だとしても、重要な捜査情報であることに変わりはないのだから、むやみやたらと外部に漏らすものではない。そういう理由から実力行使で黙らせたのだが、浅羽は何やら不満そうに額を押さえていた。

「悪いなセンセイ、見苦しいところを見せちまって」

「いえ、そんな……」

美間坂に向き直ると、彼は目をぱちくりさせて加地谷と浅羽を見比べていた。

「貴重な情報、感謝するよ。最後に一つ訊《き》いてもいいか？」

「ええ、何でしょう？」

「その恐怖症ってのが、殺人の動機になることはあると思うか？『何か』を恐れるあまりに誰かを殺してしまうような、恐怖が殺人衝動に繋がるようなケースが」

美間坂は顎《あご》に手をやってしばし考え込む。

「殺人事件の犯人が何かしらの恐怖症を抱えていて、そのことが原因で人を殺すということは、絶対にないとは言えないでしょう。ですが恐怖に対し人が最も手早く、反射的に行う対応はさっきも言いましたように『距離をとる』ことです。わざわざ恐怖の対象に近づき殺そうとするというのは矛盾した行動と言えるでしょうし、そうする以上は、よほど強い動機が必要でしょうね。しかし、殺人という行為自体が相手からもたらされる危険を回避するために行われる場合が多くあります。身を守るためにやむなく殺す、というふうにね。そう考えると、グレゴール・キラーのような連続殺人犯が自らの恐怖から逃れる目的で人を殺していると考えるのは、少々無理があるかと」

発言を否定するような物言いに気がとがめたのか、美間坂は少々、困り顔で意見を述べた。

「そうか。わかった。こちらを窺《うかが》うような視線に、加地谷はあえて頭を振り、

「え、もう終わりすか。俺、来たばっかなのに」

名残惜しそうにする浅羽の襟首をつかみ、引きずるようにして、加地谷は講堂を後にした。

2

捜査車両が大学の駐車場を抜け、一般道を走り始めてからも、助手席にどっかりと座り込んだ加地谷は一言も口を開こうとしなかった。むっつりと押し黙り、ただでさえ鋭い目つきをさらに研ぎ澄ませてフロントガラスを睨《にら》みつけている。運転席でハンドルを握る浅羽は、重苦しい沈黙に耐えかねたように、ちらちらと加地谷の方を見ては何か言いたそうに口をもごもごさせていた。

「おい、ちゃんと前見ろよ。ただでさえ下手な運転が余計に危なっかしいだろうが」

「あ、すいません。でもカジさん、珍しいすね。いつも自分で運転するのに」

「ちょっと考えたいことがあるだけだ。深い意味はねえよ」

それで話を打ち切ったつもりだったが、浅羽はめげずに食い下がってくる。

「それってやっぱ、さっきの准教授との話ですよね。教えてくださいよ。俺、席を外してたせいでちゃんと聞けなかったんすから」

「前見ろって言ってんだろうが！」

「わっ！　わわわぁっ！」

浅羽の脇見《わきみ》運転のせいで、捜査車両はセンターラインを乗り越え、反対車線にはみ出していた。幸い、対向車はいなかったが、慌ててハンドルを切ったせいで、あやうくガードレールに車体をこすりそうになった。

「……っと、あぶね。ヒヤッとしたぁ」

浅羽は一気に噴き出した汗を拭《ぬぐ》う仕草をして、愛想笑いを振りまいてくる。

「それで、何でしたっけ。そうだ。恐怖症がどうとか言ってませんでした？」

「……ああ、そうだよ」

この調子だと、こっちが喋《しゃべ》るまで延々と質問を続けてくるつもりだろう。まだしっかりと固まっていない考えを誰かに話すのは気が進まないが、また危ない運転をされるのも困る。小さく舌打ちをして、加地谷は渋々、喋り始めた。

「津島義則は十二歳の頃に事故に遭い、その時に目にした光景がトラウマになって、極端に血を恐れるようになった。その津島が殺された現場に大量の豚の血がぶちまけられていたのが単なる偶然とは考えにくい。となると、犯人がその状況をあえて作り出したことになる。わからねえのは、なんでそんなことをする必要があったのか、だ」

「確か、五年前の事件でもグレゴール・キラーは特異な犯行手口が目立ちましたよね。でも、どうしてそんな猟奇的な行為に走ったのか、その動機がわからなかった。おまけにどの犯行も手口がバラバラで、被害者の口腔《こうこう》内に残された『変身』の引用だけが共通点だった。そのため犯人は無作為に選び出した都合のいい被害者を通り魔的に襲い、猟奇的な手口で殺害していたっていう見解っすよね」

浅羽の返答に頷《うなず》いてから、加地谷は五年前の、一連の犯行を脳内に思い返す。

一件目は、市内に住む会社員の女性だった。アパートの隣室から異臭がするという通報があり、警察官が訪れると、ワンルームの部屋の中央に大きな横長の段ボール箱がどんと置かれていた。異臭の発生源はその段ボール箱であり、恐る恐る蓋《ふた》を開いて見ると、バラバラに切断された女性の身体が、箱の中に敷き詰められていた。まるで、着せ替え人形を購入した時のように、頭、胴体、手足がそれぞれ揃えて納められていた。そして、検視官は被害者の口腔内からメモ用紙を発見する。その事件を皮切りに、次々とグレゴール・キラーの犯行は重ねられた。

第二の事件は、市内で熱帯魚を販売していた男性店主が、開店準備のために出勤し、異常事態に気付く。その店の中央には三メートル四方の大きな水槽があり、普段は大型の魚などが遊泳しているのだが、店主がやってきた時、それらの魚は全て床の上で絶命していた。その代わりに、全裸の男性の遺体が水槽内に浮かんでおり、中の水は真っ赤に染め上げられていたという。それだけではない。水槽内にはピラニアをはじめ、数種類の肉食魚が放り込まれており、遺体のあちこちに食いつかれたような跡が残されていた。遺体の口は針と糸で縫い合わされ、解剖時に糸を切ったところ、一件目と同じメモが現れたという。

三件目、グレゴール・キラーは駅前通りのビルの一階テナントに入ったアパレルショップに侵入し、ショーケースのマネキンに見立てて遺体を飾り立てた。アンティーク調の椅子に足を組んで座らせ、ポーズをとらせて針金で括《くく》りつけたのだ。殺されたのは高校生の少女で、当時は友人関係の悩みから不登校に陥っていた。夜中に突然姿を消し、翌朝には多くの市民の前にその凄惨《せいさん》な姿を晒《さら》すこととなった。こじ開けられたまぶたをホチキスで留められており、口腔内からはやはり『変身』の引用を記したメモが見つかった。

四件目の現場は市のはずれにある農園だった。そこを経営する男性が明け方に納屋の鍵《かぎ》がこじ開けられていることに気づき、慌てて中を確認。幸いにも荒らされた形跡はなかったが、納屋の奥には傷ついたメスの鹿が横たわっていた。走行中の車に衝突し、負傷した野生の鹿が農園に迷い込んで死亡するというケースは少なくない。男性はこの時もその類《たぐい》かと思ったが、近づいてみると、鹿の腹部が切り裂かれ、そこから成人男性の下半身が覗《のぞ》いていることに気付いた。通報を受けて警察が調べたところ、男性の死因は窒息死。つまり鹿の体内に突っ込まれた段階で男性はまだ生きていたが、やがて呼吸困難に陥り死亡したことになる。言うまでもないが、この男性の口の中からも引用文が見つかっている。

「五件目となる垣内さんの事件は突発的な犯行だったから除外するとして、その前の四件はすべて目撃者もなく、被害者同士に繋《つな》がりもなかった。手掛かりらしい手掛かりを見つけられないまま結局、捜査本部は解散したんすよね」

「よく覚えてるじゃねえか。五年前っていやあお前はまだ交番勤務だろ」

「荏原署に配属されるってわかってから、捜査資料を読み込んでおいたんすよ。けどまさか本当にグレゴール・キラーが戻って来るなんて、想像もしてませんでしたけど」

冗談めかして肩をすくめた浅羽を一瞥《いちべつ》し、加地谷は話を進める。

「とにかく、だ。今回の事件で、犯人の動機に津島の抱える『恐怖症』が関係しているんじゃねえかと考えた時、ふと思い出したんだよ。五年前、最初に殺された被害者のことをな」

「最初の被害者っていうと、市内の商社に勤めていた女性でしたっけ」

「そうだ。その女性――西野佳苗《にしのかなえ》ってんだが、被害に遭う少し前に、勤めていた会社のビルでちょっとした騒ぎに巻き込まれてんだよ」

「騒ぎって？」

「ビルの設備が老朽化して小火《ぼや》を起こしてな。停電騒ぎがあったんだ。その時、西野佳苗が乗っていたエレベーターが停止した。火事はすぐに消し止められて大した被害はなかったんだが、電力の復旧にはかなり時間がかかってなぁ。なんやかんやで四時間以上もの間、中に閉じ込められちまった」

「それは災難すね。でも無事だったんでしょ？」

「無事は無事だったが、電力が復旧しエレベーターの扉を開いた業者が発見した西野佳苗は、髪の毛を何十本と引きちぎり、首や胸など、全身をかきむしった挙句に失禁して意識を失っていた」

「……もしかして、それって閉所恐怖症すか？」

加地谷は無言でうなずく。

「西野佳苗の身辺や過去を洗った時にわかったことだが、彼女は幼い頃、母親と二人でデパートのエレベーターに閉じ込められたことがあった。その時、同乗していた老人が母親に襲いかかり、力ずくで暴行しようとしたらしい」

「なんすかそれ、許せねえ」

浅羽は途端に気色ばみ、ハンドルを拳で打ちつけた。さすがは世界一女性に優しい刑事を自称するだけのことはある。女性に性的な暴行を加えようとする犯人など、浅羽にとっては地べたを這《は》う虫けら同然なのだろう。

「エレベーターが復旧し、居合わせた救急隊員によって母親への暴行は未然に阻止され、老人は駆け付けた警官に逮捕されたらしい。だが母親が目の前で襲われ、誰も助けに来ないという状況は彼女に強烈なトラウマを植え付け、以後、密閉された空間には五分といられなくなっちまった。あの時は俺も垣内も、グレゴール・キラーの犯行動機にこれが関係しているなんて思わなかったが、今はどうにもひっかかるんだ」

「他の被害者たちにも何かしらの恐怖症があったって思うんすか？」

「かもしれねえって話だ。まだ確信はねえよ」

加地谷は懐から取り出した煙草に火をつけ、サイドウインドウを下げる。吐きだした煙が窓の隙間に吸い込まれていくのを眺めながら、携帯灰皿に灰を落とした。

「だが、もしこれが共通点だとしたら、グレゴール・キラーの次の狙いがわかるかもしれねえ。現時点ではあくまで可能性の段階だがな」

そう言ったきり黙り込む加地谷。とにかく今は、頭の中に浮かんだいくつもの可能性を論理的にまとめる時間が必要だった。

そうやってしばらくは無言のまま、車内には車の走行音だけが響く。

「――そうか。だから『変身』だったんすよ」

人通りの少ない交差点で赤信号に捕まった時、浅羽がふと呟《つぶや》いた。

「『変身』って、主人公がサナダムシになる話じゃないっすか」

「毒虫だ馬鹿野郎。寄生虫になってどうするんだよ」

加地谷の渾身《こんしん》のツッコミに大した反応も見せず、浅羽は熱を帯びた口調で話を進める。

「犯人は被害者を変身させたんじゃないすかね」

「あぁ？　どういうこった？」

「だから、被害者の命を奪って新たな存在に生まれ変わらせたんすよ。これ、言ってみれば変身したってことでしょ？　グレゴール・キラーはトラウマを抱える被害者にその根源となる恐怖をあえて与えることで克服させようとしたんじゃないすか？」

恐怖から距離をとるような対症療法では、恐怖を克服することにはならない。美間坂准教授の言葉が脳裏をよぎり、加地谷は思わず生唾《なまつば》を飲み下した。

「……続けろ」

「カジさん言ってましたよね。シリアルキラーにとって殺人は儀式だって。妄想を現実にするための儀式が殺人なら、グレゴール・キラーにとっての儀式がまさにこれっすよ。恐怖を抱える被害者を変身させる。たとえ命を落としても、被害者が別の何かに変化できたなら、犯人は目的を達成したってことになりませんか？」

浅羽はその目を輝かせ、饒舌《じょうぜつ》に語る。もし話を聞いているのが加地谷ではなく他の同僚たちだったなら、一笑に付されていたことだろう。五年前の加地谷でも同じ反応をしていたかもしれない。だが、今の加地谷には、これがなかなかどうして説得力を感じさせた。

グレゴール・キラーという正体不明の殺人鬼。相棒を目の前で燃やし、絶望する加地谷を嬉々《きき》として眺めていたあの怪物の横顔が、ほんの少しだけ見えた気がした。

調べてみる価値はある。そう感じさせられたのだ。

「そうなるとですよ。あの第一発見者の言っていたこともまんざら嘘っぱちとも思えなくないすかね」

「霊が視えたとかいうあれか？　なんでその話が出てくんだよ」

「だって彼、言ってたじゃないすか。津島の霊が『血が』なんて繰り返し叫んでたって。それってきっと、生前の津島が豚の血をぶちまけられた時の反応だったんすよ。でなきゃ、殺される時は普通、命乞《いのちご》いをしたり、『やめてくれ』とか叫んだりするはずでしょ」

うぐ、と反論に困り、加地谷は押し黙った。暴論ではあるが、筋は通っている。

——だが、それではあまりにも……。

「俺は、そんなもんは信じねえぞ。霊視能力だか神通力だか知らねえが、そんなもんで逮捕状は出せねえだろうが」

ばっさりと言い放ち一蹴《いっしゅう》すると、浅羽は意外にもあっさりと引き下がり、苦笑交じりに肩をすくめた。信号が青に変わり、停止していた車両が再び走り出す。

「まあ、カジさんならそう言うだろうと思いましたよ。確かに霊の証言なんて調書には書けませんからね。まっとうな捜査で犯人を追い詰めるしかないんすよね」

浅羽らしからぬまともなことを言って気の抜けた笑みを浮かべる。なんだか今日は、こいつがそれなりにまともな刑事に見えて、気味が悪い。

「とにかく、とっかかりはできたんだから、何とかなりますよ。係長や横山さんが何を言おうが関係ないですって。俺たちで犯人捕まえて、見返してやりましょう。そうすれば、向こうだってカジさんが間違ってないってことを認めるしかないんすから」

「お前……」

一瞬、虚を衝《つ》かれたような気持ちになって、加地谷は目を瞬《しばたた》いた。普段とはまるで違う、刑事然とした浅羽の横顔を前に、つい言葉を失ってしまう。

浅羽のくせに生意気な。そう内心で独《ひと》り言《ご》ち、加地谷は苦笑した。

「ふん、調子のいいことばかり言ってんじゃねえぞ馬鹿野郎」

どことなく誇らしげな浅羽の後頭部を不意打ちとばかりにひっぱたくと、浅羽はハンドル操作を誤り、またしても対向車線にはみ出してしまう。しかも今度は、大型トラックが間近に迫る状況でだ。

「うわあ！　あ、あぶねえ！　やめてくださいよカジさん。死んじゃいますって！」

浅羽は激しく取り乱しながら、必死にハンドルを切って車両を元の車線に戻した。危なく衝突するところだったトラックが、大音量でクラクションを鳴らしながらバックミラーの奥へと走り去っていく。

「う、うるせえな。いちいち喚《わめ》くんじゃねえよ。ガキじゃあるめえし」

平静を装って吐き捨てた加地谷の心臓もまた、哀れなほどに早鐘を打っていた。

3

病院のベッドで目を覚ました僕が最初に目にしたのは、傍らの椅子に座って心配そうにこちらを覗《のぞ》き込む市橋社長の姿だった。

「よかった。目が覚めたかい戸倉くん」

聞けば、『サンパギータ』で意識を失った僕が病院に運び込まれた後、家族に連絡を入れなくてはならないと考えた葵が、財布に入っていた社長の名刺を見て連絡してくれたらしい。すでに時刻は午後八時を回っており、付き添ってくれていた葵も少し前に帰ってしまったのだという。少しばかり残念な気持ちになったけれど、それ以上に迷惑をかけてしまった申し訳なさが勝った。次に会う時、どんな顔をして会えばいいのかと、今から憂鬱《ゆううつ》な気持ちに襲われる。

身体を起こすとまだわずかに頭痛が残っていたが、出血の割に大したことはなく、軽い脳震盪《のうしんとう》を起こしただけだと説明された。入院する必要もないと言われ、そのまま病院を後にした僕は、社長の運転する軽トラックでアパートに送ってもらった。別れ際、社長は数日安静にしていた方がいいからと、仕事を休むよう言ってくれた。言う通りにするのは気がとがめたけれど、こんな状態で無理をしても迷惑をかけるだけだと思い、素直に従うことにして頭を下げた。

真っ黒な排ガスを吐き出しながら走り去っていく社長の軽トラを見送ってから部屋に入ると、頭を包帯で巻かれた僕を見た依子がひったくりにでも遭ったかのような顔できゃあと叫び、激しく取り乱しながら、何が起きたのかと問い質《ただ》してきた。事情を説明すると「そのハナタレ大学生を今すぐ血祭りにあげてやる」と鼻息を荒くしていたため、どうにかなだめて思いとどまらせる。

「ねえ孝一、あんた大丈夫なの？　この町に来てから災難続きじゃない。殺人事件の発見者になったのだって、あの店に行った帰りだったわけでしょ？」

「それはあの店とは関係ない話だろ。僕だって好きでこうなってるわけじゃないし」

「だとしてもよ。あんたが葵ちゃんと会おうとするたびに良くないことが起きてる気がするのよね。この前は応援する、みたいなこと言っちゃったけど、こう悪いことが重なると、あたし心配よ」

「だから大丈夫だって。たまたまおかしなことが続いただけだよ。これだって、ここまで大げさにする必要はないんだし」

頭の包帯を指差して、僕は言った。それでも依子は納得がいかないらしく、世話を焼こうとする母親よろしく僕の身を案じている様子だった。

「それに、彼女は何も悪いことなんてしてないじゃないか。今日のことは僕が勝手に首を突っ込んだんだ」

「好きな子の前でいいカッコしたかったわけ？　ビビりのあんたがそこまでするってことは、すっかり彼女に夢中なのね」

すっと目を細めた依子が、薄い唇の端をにんまりと持ち上げた。

「ち、ちが……そうじゃなくて、僕はただ、困ってる彼女を放っておけなくて……」

「嘘よ。今までいろんなことがあって、すっかり人と関わりたくなくなっちゃったはずのあんたが、彼女の話をする時だけは表情が光り輝いてんのよね」

「え……ホントに？」

思わず聞き返してしまう。

「ホントだって。なんか目がうるうるしてるし早口になるし、ちょっとカマかけたらすぐにしどろもどろになって嘘つけなくなるし。典型的な片思いの諸症状じゃない」

そうだったのか、と内心でうろたえつつ、平静を装おうとするのだが、葵のことを考えると、確かに自分の意思とは無関係に口元が緩んでしまう。

「ほら、それよそれ。そのにやけ顔が見ていてなんか腹立つのよねぇ」

「う、うるさいな。ほっといてくれよ」

依子を手で追い払うようにして、僕は寝室の襖《ふすま》を閉めた。リビングでなにやら文句を言っている彼女を無視して、服も着替えずにベッドに横になる。

明日《あした》になったらまた『サンパギータ』に行ってみよう。葵とマスターに礼を言い、怪我は大したことがなかったことも伝えよう。そんなことを考えながら目を閉じる。

ゆるやかな眠気に誘われ、心地よい睡魔に身をゆだねる中で、これで明日も彼女に会う理由が出来たことに、僕はやっぱり心を躍らせていた。


ところが、そんな僕の目論見《もくろみ》は大きく外れることになる。

翌日も、そのまた翌日も『サンパギータ』に葵の姿はなかった。僕の姿を見てホッとしたような顔をしたマスターにまずは礼を述べ、それから葵のことを訊《き》くと、なにやら調子が悪いから休むというメッセージが入ったきりで、詳しい事情を知らないのだという。風邪でも拗《こじ》らせたんじゃないかと心配そうにしていたマスターだったが、ランチの忙しい時間帯ということもあり、詳しく聞くことはできなかった。

さらに翌日の金曜日、夕暮れ時に店を訪ねても、やはり葵の姿はなかった。前日、マスターがメッセージを送ったところ、「まだ体調がすぐれない」という返事は来たらしいので、やはり具合が悪いのだろう。こんな時、彼女の連絡先でもわかっていれば、病院に付き添ってくれたお礼という名目で見舞いにでも行きたいところだが、それは無理だ。大して親しくもない僕がいきなり家を訪ねたりしたら、気味悪がられてしまうだろう。

午後九時。さして興味もないテレビをつけっぱなしにしたまま、ぼんやりと何をするでもなく部屋で寝転んでいた時、突然チャイムが鳴った。適度なまどろみに浸っていた僕ははっと我に返る。こんな時間に来客なんて、僕にとってはそうあることじゃない。窓辺で煙草をふかしていた依子もどこか不安げに眉《まゆ》を寄せていた。

「はい、どちらさま……」

呼びかけながら玄関ドアを開く。そこには静まり返った廊下があるだけで、誰の姿もなかった。何かの悪戯《いたずら》か。そう思いドアを閉めてリビングに戻りかけたその時――

「……戸倉くん」

聞き覚えのある声がした。はっとして振り返り、ドアに張り付いてスコープから様子を窺《うかが》うと、そこには不安そうに佇《たたず》む葵の姿があった。

「白川さん、どうして……？」

スコープから目を離し、リビングの中ほどで様子を窺っていた依子へと振り返る。

「何よ。もしかしてお姫様が来たの？」

「そう、みたい……どうしよう……」

不安げに訊《たず》ねると、依子は「はぁ？」といら立ちをあらわにし、

「どうもこうもないでしょ。こんな時間に女の子を締め出すわけにもいかないじゃない。さっさと入れてあげなさいよ」

「でも……」

「あたしはそっちの部屋に引っ込んでるから気にしなくていいわよ。大丈夫、盗み聞きなんてしないから」

軽くウインクをして言うあたり、かなり怪しいけれど、素直に応じることにした。

依子の姿がリビングからなくなったのを確認し、ドアを開ける。切れかけた電灯の下で葵はばつが悪そうに、もじもじと両の手をこねくり回していた。

「入っても、いい？」

「あ、うん。どうぞ」

慌ててドアを押し開ける。雨でも降っているのか、葵の身体は濡《ぬ》れていた。栗色の短い髪がしっとりと水気を含んでいる。彼女をリビングに通した後、僕はタンスから取り出したタオルを手渡す。ありがとうとはにかんでタオルを受け取った葵は濡れた髪や身体を拭《ふ》きながら、所在なげに隅の方に腰を下ろした。慌てて座布団を渡すと、また笑顔を見せ、足の下に敷く。

「頭の具合はどう？」

「大丈夫だよ。白川さんこそ、体調は？」

大丈夫、と応じた葵はふいに眉根《まゆね》を寄せた。

「この前は本当にごめんね。それから、ありがとう。ちゃんとお礼が言いたかったの」

「そんなこと気にしなくていいよ。それより、あの大脇って人は……」

「うん、大学の友達に聞いたんだけど、大脇くんってかなり悪評が高いみたい。そういうことを何も知らない相手ばかりを狙っていたらしいから、もう私には近づいてこないと思う」

「そうか、よかった」

意図せずして安堵《あんど》の息が漏れる。

「それもこれも、戸倉くんのおかげだよ」

もう一度礼を言われ、僕は慌てて頭《かぶり》を振った。お礼を言われるなんて、もったいないとすら思った。ずっと呪いのようにしか思えなかったこの力が、初めて誰かの役に立った。しかもその相手が葵だったのだから、僕としてはそれで十分だったからだ。

「――でも戸倉くん、どうして大脇くんがああいう人だってわかったの？　彼とは初対面だったはずだよね？」

ぎくり、と心臓が大きく跳ねた。

「身体にたくさんついてる、とか言ってたじゃない？　あれってやっぱり、そういう意味、だったんだよね？」

「それは……その……」

僕はハッとして顔を上げた。高まりきっていた体温がぐっと下降し、手足の先から冷気が這《は》い上がってくる。

「何かのたとえ？　それともハッタリがたまたま当たったとか？」

「あ、いや……ええと……」

「それとも、本当に、そういうものが視えたの？」

核心を突こうとする葵の質問にどう答えるべきかが分からず、僕は目をそらし助けを求めるように依子の部屋の方を見た。閉ざされたままのドアは当然のように開く気配がない。その向こうでじっと息をひそめてこちらを窺っているのか、それとも本当に盗み聞きなどしていないのか。いずれにせよ、今は彼女に頼ることはできない。

どうする、と自分に問いかける。葵に本当のことを打ち明けるのか。しかし、そうしたところで信じてもらえるとは限らない。普段なら僕だって、何かの間違いだと誤魔化して終わりにするはずだ。でも今は、彼女の方から僕の力が本物かどうか確かめようとしてくれている。本当のことを知りたがっているのだ。

「――戸倉くん、大丈夫？　話したくないなら……」

「いや、そうじゃないよ。むしろ僕も聞いてもらいたい……かなって……」

かろうじて口にできたのは、紛れもない僕の本心だった。

「本当に？」

まっすぐに見つめてくる葵に頷《うなず》きを返し、僕は呼吸を整える。

「八年前に、家が火事になって両親が亡くなったんだ。僕も命を落としかけたけど、なんとか生き残った。それ以来、そういう霊……みたいなものが視えるようになってた。最初は何かの勘違いだと思ったんだけど、あちこちで説明のつかないようなものをいくつも視てしまって、そうじゃないことがわかった。厄介なのは、僕には霊が視えるけど見分けることは出来ないってこと。大脇の時のように、明らかに異様なものの場合はすぐにわかるけど、その辺を歩いている霊を視ても、僕にはそれがただの人にしか見えない。だから、霊と気づかずに話をしちゃうこともあるんだ」

この町に来て最初に出会った霊、井上のことを思い返す。あの後も何度か姿を目撃したけど、僕が近づこうとしなければ、向こうも声をかけてくることはなくなった。そういうふうに適度な距離を保っていれば、体調に影響が出ることもない。そのことも付け加えて説明する間、葵はじっと、それこそ瞬《まばた》きすらもせずに僕の話に聞き入っていた。その大きな瞳《ひとみ》に映るのは驚きか、それとも疑惑だろうか。

「――というわけなんだけど、いきなりこんなこと言っても信じられない、よね？」

「ううん、そうじゃないの。ただ、ちょっと驚いちゃって……」

当然だ。いきなりこんな話をされて信じろという方が無理に決まっている。やはり、話したのは間違いだっただろうか。せっかく二人きりで話が出来ているのに、これではムードも何もあったものではない。

「津島くんの時も、そうだったの？」

「うん、あの時も最初は気づかなかった。彼がその……」

死んでいるなんて。その言葉は、あえて口には出さなかった。

「そっか。そういうことだったんだね」

「信じて、くれるの？」

おずおずと訊ねると、葵はさも当然のように首を縦に振り、

「もちろん。疑う理由なんてないでしょ。むしろ、そういう理由があるって言ってもらえて、ようやく納得できた。戸倉くん、最初に会った時から何となく訳ありって感じがしたし、そうでなきゃこんな平凡な町にわざわざ引っ越してなんて来ないよね」

自嘲《じちょう》気味に言った葵に、僕はかぶりを振った。

「そんなことないよ。いい町じゃないか。僕は気に入ってる」

「そうかな。私はもうずっと住んでるから、退屈にしか思えないな」

そこで一旦《いったん》、言葉を切るようにしてから、葵はわずかに首を傾げて、

「視えるようになって、何か変わった？　悪いことばかりじゃなくて、いいことはなかったの？」

「それは……」

僕が言いよどんでしまったせいで、葵ははっと口元を手で押さえ、困ったように眉を

寄せる。

「ごめん。質問ばかりして無神経だったね」

「いや、そんなことは……」

慌てて取り繕うも、葵は小さい肩を更に小さく丸めて俯《うつむ》いていた。

いけない。このまま二人とも黙り込んだりしたら、この場の雰囲気は沈んでゆく一方だ。彼女は自分を責め、僕は僕でそんな彼女をどう励ませばいいかが分からずに、重々しい空気のまま彼女は帰ってしまうかもしれない。

そんな危機感を覚え、僕は半ば反射的に、思いつくままの言葉を口にした。

「それじゃあ、白川さんのことも教えてくれないかな」

え、と小さく呟《つぶや》き、葵は戸惑いをあらわにする。しかし、期待を込めた僕の眼差《まなざ》しに気付いてか、彼女はすぐに笑みを浮かべ、

「いいけど。何が聞きたいの？」

「それじゃあ、簡単な自己紹介から」

「うそ、そこから？」

葵は噴き出すように笑った。

よかった。冗談を言って笑い合えるくらいに、普段の調子に戻ってくれた。彼女がこの部屋にやってくるという急な展開に驚きはしたけれど、それ以上に僕は嬉《うれ》しかった。

普段、店で忙しそうにしている姿を眺めているだけだった葵が、今は僕の部屋で、こう

して向かい合って楽しそうにお喋《しゃべ》りをしている。そのことが、僕はとにかく嬉しかった。

葵の話はとても興味深かった。幼い頃に父親が自宅にまで愛人を連れてきて堂々と浮気していたこと。その父親と別れた後、母親が女手一つで自分を育ててくれたこと。大学にまで入れてくれたけど、無理がたたって倒れ、今も目を覚まさないこと。病院にいる母親の世話は、叔母《おば》がしてくれていること。葵が学業に専念できるようにと、色々と気を遣ってくれる叔母に少しでも恩返しがしたくて、忙しい勉強の合間に『サンパギータ』でアルバイトしていること。それらの話を表情豊かに話してくれた。

「お父さんはお世辞にもいい父親じゃなかったけど、ずっと忘れられなくてね。時々気になっていたんだけど、大学に入ってからカウンセリングを受けて吹っ切れたの。本当は専門のクリニックなんかに行くべきなのかもしれないけど、うちの大学には非公式でカウンセリングをしてくれる先生がいてね、内緒で相談に乗ってもらったの。そしたら、みるみる効果が出てきて、今は思い出してもつらい気持ちにならなくなった。お母さんが目を覚ました時に、私がしっかりしてなきゃいけないから」

どこまでも前向きで、どこまでも溌剌《はつらつ》としている。まるで向日葵《ひまわり》のような彼女の表情が、仕草や声までもが、僕を強く刺激した。ずっと見ていたくなるようなその姿に見惚《みと》れながら、この時間が永遠に続いてほしいと本気で思った。

そうしてどれくらいの時間が過ぎただろう。時計を見ると、既に十二時近かった。立ち上がり、リビングの窓を開けると、乾いた夜風が漂ってきて、ほてった身体を少しだけ冷やしてくれる。

「雨、あがったみたいだね」

言いながら振り返ると、葵は少し不思議そうな顔をして「そう」と相槌《あいづち》を打つ。それからおもむろに立ち上がり、ふらふらと歩き出した。

「白川、さん？」

呼びかけても答えようとせず、彼女はふらふらと、リビングから洗面所へと繋《つな》がる扉の前で立ち止まった。

「どうかしたの？　具合でも――」

言いながら近づいた時、僕は思わず息をのんだ。さっきまで、笑顔に満ち満ちていた彼女の表情が驚くほど青ざめ、虚《うつ》ろなものに変化している。

「いや……やめて！」

肩に触れようとした瞬間、葵は叫んだ。そして、自身の両手を見下ろす。白く透き通るようなその手は、異様なほど震えていた。

「怖い……怖いの……」

何が起きているのか。彼女はどうしてしまったのか。まるで魔法が解けてしまったみたいに、さっきまでの生き生きとした様子が掻《か》き消え、心ここにあらずといった葵を前に、僕は激しい混乱に見舞われた。

「白川さん、しっかりして。どうしたんだよ」

しきりに呼びかけるも、葵は僕の方を見ようともしない。再び両手を見下ろし、何もないはずのそこに絡みついた何かを振り払おうとするみたいに、両手をデタラメに振り払う。彼女が何を見ているのか、何に対して怯《おび》えているのかが知りたくて、僕は手を伸ばし、洗面所のスイッチに触れる。奇妙な胸騒ぎに襲われながらも、僕は意を決して明かりをつけた。

「……え」

洗面所の鏡には、呆《ほう》けたような顔をした僕が映っているだけで、他には誰の姿も映り込んではいなかった。僕のすぐそばに立ち、両手で口元を押さえるようにして細い肩を震わせている葵の姿はどこにもない。

「どうなって……君は……？」

鏡から視線を戻し、目の前の葵へと曖昧《あいまい》に問いかける。虚ろだった瞳にはわずかながら光が戻っているが、その代わりとばかりに葵は激しく取り乱していた。

「どうして……私……？」

自分の姿が鏡に映らない。そんな冗談みたいな現象を否定するかのように、葵は小刻みに頭を振った。

「……私、どうやってここに……さっきまであの屋敷に……」

屋敷。それがいったいどこを指しているのか、僕にはまるでわからなかった。

「白川さん、頼むから落ち着いて。少し冷静に――」

言いながら、手を伸ばした僕に対し、葵は声を上げて激しく拒絶した。何か、おぞましいものでも見るような彼女の目が、僕を強く睨《にら》みつけている。

「――こんなにも……心を奪われているのに……人間ではないのか……」

「……え？」

はっきりと聞こえていたはずなのに、つい聞き返してしまった。それから僕は彼女が口にした言葉を脳内に反芻《はんすう》する。

間違いない。今のは『変身』の一節だ。あの時、津島の霊が口にしたのと同じ文脈。それが、どうして葵の口から発せられるのか。

冷たく沈みこむような沈黙が、場の空気を凍り付かせていく。

「孝一、どうしたの？」

呼びかける声に振り返ると、ダイニングテーブルの向こうからこちらを窺《うかが》う依子の姿があった。

「その子、大丈夫なの？　真っ青な顔してるけど」

依子と葵を交互に見すえ、僕はどう返答すべきかを思案した。だが、僕が何か説明するより先に、浅い呼吸を小刻みに繰り返していた葵がはっと顔を上げ、依子の方を向く。

その瞬間、僕はようやくこの状況を正しく理解した。

「……視えるんだね。い、い、依子のこと」

戸惑いがちに爪を噛《か》む葵に向けて、僕はそう語り掛けた。

無言で僕を見返す葵の表情が、すべてを物語っている。同時に、その事実こそが、彼女の置かれた状況をも僕に理解させた。僕は目を閉じ、天を仰ぐようにして息をついた。

「白川さん……君は……」

「なに……？　私が、どうしたっていうの？」

涙に震える声で問い返す葵。その、すがるような表情を見ていることが出来なくて、僕は視線をそらした。歯がゆさにこの身が震え、絶望が止まらない。

「君はもう、死んでいるんだね」

依子が口を手で覆う。僕の言葉が単なるでたらめでないことは、彼女にもよく理解できている様子だった。

「うそ……。どうして私が？」

「依子は八年前の火事で僕を助ける代わりに命を落とした。ここにいるのは、彼女の魂――というか霊、なんだ」

葵の視線が再び依子を捉《とら》える。僕の話が信じられないといった表情を浮かべる一方で、葵はどこか合点がいったように息をのんだ。

「――あの日、もう何か月も帰ってなかった父さんがいきなり家にやって来たんだ。たまたまトイレに起きた僕は、二階の廊下で父さんと鉢合わせした。父さんは何も言わずいきなり僕を階段から突き落とした。気を失っていた僕が目覚めると、家の中は火の海だった。二階の寝室で、父さんと母さんが死んでいたことを知ったのは、後になってからだったよ」

ひと呼吸おいてから、僕は依子を一瞥《いちべつ》する。彼女はひどくつらそうな顔をして俯《うつむ》いたきり、何も言おうとしなかった。他の誰かにこの話をすれば、間違いなく頭がおかしいと思われるだろう。だが、僕の話を信じてくれた葵が相手なら、臆《おく》することなく話すことができた。

そのことを、今更喜ぶつもりにはなれなかったけれど。

「毎日のように続いていた父さんの暴力が、最も恐ろしい形で振るわれた結果、僕ら家族は崩壊した。僕はもう抗《あらが》う気になれなくて、自分が焼け死ぬのを待っていた。でもそこにやって来たのが依子だった。同じ町内に住んでいて、騒ぎを聞きつけた依子は無謀にも燃え盛る僕の家に飛び込んで、僕を助け出してくれた。でもその時に、煙を大量に吸い込んでしまって、それっきり……」

語尾を濁し、僕はもう一度依子へと視線をやった。彼女は少しだけ困ったように眉《まゆ》を寄せ、つらそうな顔をしていた。

「僕は一週間、生死の境をさまよった。次に目を覚ました時、僕には依子の姿が視えるようになった。言うまでもないけど、そのことを信じてくれる大人はいなかったよ。唯一、依子のお母さんだけは例外で、僕の言うことを今も信じてくれている。でも彼女に依子の姿は視えてない。存在を感じることもできないんだと思う。僕の話を聞いて、依子がこの世にいることを信じたくて、そう思い込んでいるだけなんだ」

依子の死を受け入れられなかった叔母《おば》さんは、僕の言葉を信じ、縋《すが》るようにして、依子の存在を肯定し続けた。そのせいで叔父《おじ》さんとの間にはずいぶんと溝ができてしまったけれど。結局、僕が戸倉の家を出るまで、叔母さんは夕食時に依子の食事を用意したり、部屋をそのまま残していたり、誕生日にはケーキまで買ってきた。時間の停止した娘の誕生日を、毎年大切に祝おうとするその姿には、いつも胸を締め付けられる思いがした。先日の電話で依子は元気にしているのかと訊《き》いてきたのも、娘の魂が今も僕と一緒にいると思うことで、今にも壊れそうな精神を支えているのだろう。

そんな叔母さんの姿を見るのも、叔母さんに怒りを向けつつも、彼女を見放すことができずに一緒にいる叔父さんを見ているのも苦しくて、僕は戸倉の家を出た。

この町にやって来た本当の理由は、まさしくそれだった。

「どうして僕がこんな目に遭うのかって、ずっと悩んでいたんだ。でも、この町で白川さんに出会えて、僕はこの力がただの呪いじゃないんだって思えた。誰かの役に立つことができるんだって、きっと意味があるんだって思った。それなのに……」

気持ちが先走り、言葉が出てこなかった。今にも胸が張り裂けそうなほど速まった鼓動が僕を急《せ》かす。

彼女が消えてしまう前に、想いを伝えなくてはと。

「結局僕は、君に何もできなくて……」

彼女のために、力を使えた。そう思っていた自分が、今はひどく情けなかった。無理に言い寄る男を一人追い払っただけで、何か大きなことを成し遂げでもしたような気になっていた。結局僕は、彼女を守ることなんて出来なかったのに。

「——私の方こそ、ごめんね。こんな形で会いに来ちゃって」

ふわりと、降り注ぐような声で、葵は言った。思わず顔を上げ、彼女を見つめる。

「もっと早く、あなたと話しておけばよかった。こんなことになる前に……」

もどかしそうに苦笑しながら、葵は表情を歪《ゆが》め、とめどなく涙を流す。どれだけ後悔しても、どれだけ望んでも、僕たちの過去は、そして今置かれている状況は、変わることはもうないのだと、彼女の涙が語っているような気がした。

「やだ……私……死にたくないよ……」

ついには両手で顔を覆い、葵は感情のままにむせび泣く。その小さな身体がどうしようもなく哀れで、物悲しくて、愛《いと》しかった。今すぐ抱きしめて、どこかへ行ってしまうのを引き留めたい衝動に駆られる。けれど、そんな僕の目の前で、無情にも彼女の姿は薄れていく。腕が、脚が、身体全体が透き通り、向こうの景色が透けて見える。

「白川さん……白川さ……」

慌てて伸ばした僕の手は、さも当然のように空を切った。まるで、彼女のために何もできない無力な僕を嘲《あざけ》るかのように、現実を否応《いやおう》なしに突きつけられる。

「戸倉く……た……け……」

最後に蚊の鳴くような弱々しい声だけを残し、葵は完全に姿を消した。まるで最初からそこに存在などしていなかったかのように、跡形も残さずに。
そしてリビングには、一人残された僕の慟哭《どうこく》めいた嘆きが虚《むな》しく響いた。

第四章

1

捜査に進展があったのは、明北大学を訪ねてから三日後のことだった。最初に起きた頭部および両手首切断殺人の事件現場付近の粗大ごみ集積所から、被害者である高谷恵のスマホと、凶器と思《おぼ》しき出刃包丁や糸鋸《いとのこ》が発見された。スマホは意図的に破壊されていたものの、かろうじてデータの復元に成功。その結果、被害者の交友関係から、一人の男が捜査線上に浮上した。

滝山稔《たきやまみのる》という二十八歳のその男は、実家暮らしでこれといった定職に就くこともなく、親に金をせびっては遊びやギャンブルにつぎ込むという破滅的な暮らしを送っていた。高谷恵がアルバイトをしていた居酒屋の常連でもあり、何度か顔を合わせるうちに親しくなった二人の関係は、次第に男女の交際へと発展していった。

「被害者が勤務していた居酒屋の店主の証言によると、少し前に滝山は被害者に別れを切り出され、かなりもめていたようです。滝山がストーカーのように被害者を尾《つ》け回していたという証言が、友人や家族からも取れました」

会議室に集まった捜査員たちを前に、横山が熱のこもった声で説明し、そこに付け加える形で天野伶佳警部補が補足する。

「滝山稔はかなり気性が荒く、交際中にも何度か被害者に暴力を振るっていました。昨年の暮れには、被害者は右手首を骨折して病院に搬送されており、隣人の話では、その夜はかなり酔っぱらった滝山の怒鳴り声が隣室に響いていたそうです」

「その時に被害届は出さなかったのですか？」

会議の進行役である刑事課長が伶佳に問いかける。

「それが、当時診察をした南双葉《みなみふたば》総合病院の医師が暴力の可能性を否定したそうです。怪我は高谷恵の不注意によるもので、事件性はないと」

含みのある物言いに、課長は合点がいったように喉《のど》を鳴らした。

「医師が滝山をかばったというのか？　そんなことをして何の得がある？」

その質問に応じたのは横山だった。待ってましたとばかりに胸を反らせ、自信に満ちた表情で室内を見回す。

「実は、滝山の父親はこの大病院の院長で、受験に失敗した長男を持てあましていたそうです。滝山は以前から酒を飲んで暴力事件を起こしたり、風俗店の女性従業員とトラブルを起こしたりしており、そのたびに父親が金で解決していたという噂もあります。これは息子が可愛いというよりも、大病院の名に傷をつけまいとする目的で、色々と手を回していたようですが」

「息子よりも病院の名誉か。しかし大事な跡取り息子だろう？」

今度は係長の板見が皮肉げな口調で割り込んだ。

「いえ、大病院を継ぐのはおそらく次男の方かと。こちらは父親の病院に外科医として勤務しています。稔は二浪して合格した大学を半年ほどで中退していますから、とっくに見限られていたのでしょう」

「出来の悪い長男と優秀な次男か。プレッシャーに負けたのか、あるいは親の敷いたレールを進むことに反発しているのか。これでは父親に見放されるのも無理はないな」

板見がさらに皮肉たっぷりに言った。まるで、滝山稔のような人間は罪を犯して当然とでも言いたげな口調である。

「また、滝山は第二の被害者である津島義則とも関係があることがわかっています」

再び交代し、伶佳が説明する。

「津島義則の通う明北大学で、構内に津島を訪ねてやって来た滝山の姿が確認されているほか、津島と激しく口論する姿も目撃されています。内容は不明ですが、この二人が何かしらのトラブルを抱え、対立していたとみるのは妥当な判断でしょう」

刑事たちから「おおお」と声が上がった。それは単に伶佳の仕事ぶりに感心するだけではなく、彼らもまた滝山稔なる人物が事件に関与している可能性を強く感じているからだろう。

「被害者は二人とも、滝山稔と揉《も》めており、その二人ともが変わり果てた姿で発見された。滝山がそれぞれの事件に関与している可能性はおおいにあります。すぐに身柄を押さえて事情を聞くべきかと」

横山の意見を受け、課長は強くうなずいた。

「それで、滝山稔は今どこにいるんだ？」

「一週間ほど前から自宅には帰っておらず、知人、友人宅に滞在しているとみて行方を捜していますが、足取りはまだ」

「ふむ、早急に居場所を突き止めろ。みんな、天野警部補と横山に手を貸してやれ。一丸となって犯人逮捕だ」

わざとらしい活を入れる課長に息の合った返事をして、刑事たちは散り散りに会議室を出ていく。気合十分な顔つきの同僚たちを見送った浅羽が、のっそりと立ち上がり伸びをした。

「カジさん、俺らも伶佳ちゃんに協力して容疑者の居場所捜しましょうよ」

「はん、何が容疑者だ。そんなもんは張り切って尻尾《しっぽ》を振ってる馬鹿どもにやらせときゃあいいんだよ」

加地谷は椅子にどっかりと座り込んだまま、さも不機嫌そうに吐き捨てる。

「今日はいきなり機嫌悪いっすね。ハラでも痛いんすか？　便秘気味とか？」

「俺はいつだって快調だ馬鹿野郎。くだらねえこといってんじゃねえ」

再度吐き捨てて、加地谷は資料にある滝山稔の顔写真に視線を落とした。細く鋭い目に剃《そ》り跡の残る眉《まゆ》。頬骨が張っていて無骨な印象を与えるが、逞《たくま》しさとは対極的に首が細く、肩幅も狭い。見るからに人相が悪く、社会的地位もないこの男のどこに、高谷恵は魅力を感じたのか。加地谷にはどうしても理解できない。

「あ、カジさん今『どうして被害者はこんなクズと付き合ってたのか』とか思ったでしょ？」

まあな、と応じた途端、浅羽はこれ見よがしに溜息《ためいき》をついた。

「わかってないなぁ。いいですかカジさん。男と女ってのは、惹《ひ》かれ合うのに理由なんてないんすよ。ある日突然、雷に打たれたように相手のことが好きになる。その気持ちに気付いた瞬間から、恋の罠《わな》に搦《から》め捕られて相手のことばかり考え……むぐっ」

「ありがたい講釈はたくさんだ。俺が気にしてるのはそこだけじゃねえ」

浅羽の横顔を強引に押しのけ、加地谷は資料を目線の高さに持ち上げた。

「確かにこの滝山って奴は怪しい。家族から見放された孤独な男が女にのめり込むってのもよくある話だ。そういう男を甘やかすことに喜びを感じる女がいるってのもな。だが結局、被害者が愛想をつかし、別れ話がこじれて殺されちまった」

「筋は通ってるんじゃないすか？　滝山は津島義則との間にも何かしらのトラブルがあった。もしかすると、津島に高谷恵殺しを知られたのかもしれないすよ」

「口封じのために殺したってんだろ？　まあ、教科書通りの筋書きだな」

加地谷の嫌みたっぷりの口調に、浅羽は眉をひそめる。

「その口ぶりは、全然納得してないすね。何が引っかかるのか教えてくださいよ」

「何もかもだよ。あらかじめ用意された手掛かりに警察がたどり着くようお膳立《ぜんだ》てされたみたいじゃねえか。こんなに都合よく筋書きが整ってるなんて、まるで……」

言い終える前に加地谷は言葉を切った。怪訝《けげん》そうに細められた浅羽の目が、加地谷の背後へと向けられている。その視線に導かれるように振り返ると、そこには伶佳の姿があった。

「まるで、何でしょうか？」

「あ、いや……」

突然、問いかけられ、加地谷は言葉をさまよわせる。あちゃあ、と小さく呟《つぶや》いた浅羽は、椅子に座り直して頭を低くした。こちらを見下ろす伶佳の眼差《まなざ》しは冷たく引き絞られていたが、それは他の刑事が加地谷に向けるような嘲《あざけ》りや軽蔑《けいべつ》の色を含んではいなかった。ただ実直に、そして冷静に真実にのみ視線を向ける。そんな感じだ。

「滝山稔を第一容疑者とする件、納得がいかないようですね。そう思われる根拠がおありなら、ぜひお聞かせ願いたいのですが」

ちなみに加地谷の階級は巡査部長、それに対し伶佳は警部補で、おまけに道警本部所属と来れば、たとえ年上でも敬語を使う必要は無いはずだ。にもかかわらず最低限の礼儀を重んじて接してくるのは、ひとえに彼女の人間性か、あるいは男社会で生き抜くための処世術だろうか。

「……今言った通りだ。滝山稔については、話ができ過ぎてる印象を受ける。動機の面でも、遺留品に関してもな」

加地谷は資料をめくり、別のページを示す。

「たとえばこれだ。高谷恵が殺害された現場付近の粗大ごみ集積所からは凶器と思《おぼ》しき出刃包丁や糸鋸が発見された。指紋はまだ確認が取れていないが、付近の店の防犯カメラに凶器を購入する滝山の姿が映っていた。そして犯行時刻に、公園前の駐車場に停車していた滝山の所有する車が目撃されている」

「いずれも、裏は取れていますが」

伶佳の返しに、加地谷は何度もうなずき、

「情報がガセだなんて言っちゃあいねえよ。ただ、あまりに犯行がずさんだと言ってるんだ。『変身』の書置きにしろ何にしろ、五年前は何一つ証拠を残さなかったグレゴール・キラーの犯行とはあまりにもかけ離れてる。まるで素人だ。だが一方で、津島が殺された現場には、何一つ犯人に繋《つな》がる証拠など残っちゃいなかった。そうだろ？」

「ええ……」

伶佳の表情にわずかながら困惑の色が浮かぶ。加地谷の指摘に反論する根拠を模索しているようだった。

「二つの殺人は明らかに別の人間による犯行だ。滝山はただの模倣犯だよ」

「一件目は滝山の犯行、二件目はグレゴール・キラーの犯行だと？」

加地谷が肯《うなず》くと、伶佳は口元に手をやって何事か思案し——

「——その可能性は大いにありますね」

思いのほかあっさりと認めた。思わぬ反応に、加地谷と浅羽は顔を見合わせる。

「ですが、仮にそうだとして、グレゴール・キラーは何故、推し量ったようなこのタイミングで犯行を行ったのでしょう」

「そりゃあ、自分の犯行を模倣犯の仕業に見せかけて、罪をなすりつけるためじゃないすか？」

ねえ、と同意を求めてくる浅羽に、加地谷はあっさりと頭《かぶり》を振った。

「いいや違うな。奴は自分の力を誇示するために、わざと犯行をぶつけてきたんだ。あえて完璧《かんぺき》な犯行に及ぶことで、一件目の殺人と二件目の殺人に明確な違いを出した。『自分の犯行はこんなに素晴らしいんだ』とでも言いたげにな」

要するに、当てつけなのだ。滝山の稚拙な犯行に対し、自分がどれだけ素晴らしい仕事をしたかを警察に、そして世間に見せつけるため、グレゴール・キラーは戻って来たのだ。

「だがあの狸オヤジ、早期解決を焦るあまりに滝山をグレゴール・キラーと決めつけちまってる。滝山が模倣犯だという可能性なんて、これっぽっちも考えちゃいねえ。目の前にぶら下げられたニンジンを追いかけるのに夢中でな」

皮肉げにいいながら、加地谷は鋭い目つきで前方席の刑事課長を見やる。横山となにやら話し込んでいる五十嵐は、怒りと軽蔑を混在させた加地谷の視線に気づきもしない。呑気《のんき》にお茶など啜《すす》りながら、今も見当違いの指示を出しているのだろう。

「実は私も、その可能性を課長に進言したのですが……」

「聞き入れてもらえなかったか？　当然だ。そうなったら、捜査はまた振出しだ。上の機嫌を取るためにも、被疑者確保は目前ですって報告した方が恰好《かっこう》がつくからな」

鼻を鳴らし、肩をすくめた後で、加地谷はふと伶佳に向き直る。

「あんたはどうしてそう思ったんだ？」

「概《おおむ》ね、加地谷さんと同じです。滝山には二人を殺す動機はあった。グレゴール・キラーの犯行に見せかけるためにメモを残したことも、もしかすると遺体を損壊することで自らに繋がる証拠を隠すための工作だったと考えれば筋は通ります」

「揉《も》み合った際に相手に引っかかれたり、嚙《か》みつかれたりしたとか？」

口を挟んだ浅羽に頷《うなず》き、伶佳は続ける。

「両手と頭部を切断し持ち去ったうえで『変身』の引用文を残しておけば、グレゴール・キラーの犯行を演出でき、遺体損壊の不自然さを誤魔化すことができる。急ごしらえでメッセージを残したのは、そういう目的があったからではないかと。一方、津島義則の事件については、豚の血を用意しておくなど事前準備も完璧でした。それに、うまく表現は出来ないのですが、二件目の殺人は被害者に対する犯人の執着というか、ある種の儀式めいたものを感じたんです」

　やや語気を強めて、伶佳は言った。あえて口に出しはしなかったが、加地谷は彼女の主張に強く同意していた。同時に、彼女のこの意見に耳を貸さず身勝手な捜査を進めようとするボンクラ上司に対し、強い怒りを覚えてもいた。

「うーん、鋭い！　さすが道警本部のエリートって感じだね伶佳ちゃん。カジさんと俺が必死こいて調べた内容に、彼女は一人で辿《たど》り着いちゃってるじゃないすか」

「れ、伶佳ちゃん……？」

　馴《な》れ馴れしい浅羽の言動に、伶佳は目をぱちくりさせながら戸惑っている。

「馬鹿野郎。お前と一緒にするんじゃねえ。俺は最初から高谷恵の事件は模倣犯だと睨《にら》んでただろうが」

「でもそれって、単なる『刑事のカン』ってやつっすよね。根拠のないカンはただの当てずっぽうっていうんすよ。そんなもんが的中したからって、いちいち威張らないでもらえますか」

「あぁ？　誰がえばってんだこの野郎。てめえもいっぺん豚の血を浴びてくるか？」

　語気を強めて一喝すると、浅羽はしゅんと肩を落とし、「そ、そんなに怒らなくても……」と眉《まゆ》を八の字にして押し黙った。そんな二人のやりとりを見て、最初は目を白黒させていた伶佳だが、次第に表情が緩み、やがてこらえきれなくなって笑い出す。

「なんだ、そんなにおかしいか？」

「え、あ……いえ。お二人があまりに仲が良《い》いもので、つい……」

少々慌てた様子で表情を取り繕いながら、伶佳はやや紅潮した頰を隠すように手で覆った。どことなく、小さな子供の喧嘩《けんか》を見守る保育園の先生みたいなその微笑みが、加地谷の羞恥心《しゅうちしん》をくすぐる。何か言葉を発する代わりに、ぱぁん、と浅羽の頭をひっぱたいてから、加地谷は話を戻した。

「真面目な話、あんたも真犯人が別にいると見越してるんなら、このまま手をこまねいているわけにはいかねえんじゃあねえのか？　アウェイでやりづらいかもしれねえが、捜査の方向性はしっかりと修正しなきゃならねえ」

「わかっています。そのためにもまずは滝山の身柄を押さえ、尋問し、彼が模倣犯であるという確信を得るのが最も早い解決策です」

たしかに、課長や他の刑事たちを刺激することなく、かつ真犯人が別にいることを彼らに認めさせるためには、それが最善だ。

「急がば回れってやつすね。でもその間に、グレゴール・キラーが逃げ出したりしたらやばいっすよ」

「逃げるだけならまだマシだ。次の被害者が出ちまったら、それこそコトだぜ」

「警察の威信が……なんて嘆く課長の顔、ちょっと見てみたいすけどね」

冗談めかして浅羽が笑う。不謹慎とは思いつつも、加地谷もつい笑みをこぼした。

「ふざけてる場合か馬鹿野郎。そうならねえように俺たちが動くんだろうが」

「カジさんだって今笑ったじゃないすか。俺を蹴落《けお》として自分ばっかりポイント稼ごうとするなんてずるいすよ」

「何のポイントだよ」

「決まってるでしょ。伶佳ちゃんの好感度ポイントっす」

「え……私ですか？」

伶佳が危険を察知したように半歩身を引く。

「百ポイントになったら、デートしてもらえるって感じで、どう？」

「いえ、それは結構です」

さらりと断られ、白目をむく浅羽をよそに、伶佳は加地谷に向き直る。

「滝山の件についてはこちらに任せてください。状況についても、私の方から連絡を入れますので、お二人には独自に動いてもらえればと」

「いいのか？　あの狸オヤジが何ていうかわかんねえぞ」

前方の刑事課長を顎《あご》で示すと、伶佳は何食わぬ顔で、

「私は本部の人間ですから。何から何まで報告する義務はないかと」

「ははっ、本部特権ってやつかよ。あんた、なかなか肝が据わってんな」

加地谷は噴き出すように笑い、それにつられて伶佳も笑みを浮かべる。

「それじゃあ俺たちは引き続き、被害者の恐怖症の線を追いますか」

「恐怖症……？」

怪訝《けげん》そうに繰り返した伶佳に、津島の過去の病歴や五年前の被害者が恐怖症を抱えて

いたことなどをかいつまんで説明する。彼女は驚いたように目を見開き、

「その点については把握していませんでした。もし他の被害者たちにも同じ悩みがあったとしたら、共通点としては申し分ないですね」

期待を込めた眼差《まなざ》しを向けられ、加地谷は軽く肩をすくめた。

この二日間、浅羽と共に資料室に籠《こも》ったり関係者に話を聞きに行くなどして、五年前にグレゴール・キラーの被害に遭った者たちのことを調べ直した。その結果、最初の被害者である西野佳苗は閉所恐怖症。二番目に殺害された吉村昭英《よしむらあきひで》は幼少期に川でおぼれかけたせいで水恐怖症に、そして三番目の女子高生、曽我部清美《そがべきよみ》は悪質ないじめを受けたことがきっかけで他人からの視線を極端に恐れるようになった。それまでは生徒会長を務め、多くの生徒たちの注目を集めていた彼女は、二人以上の相手に視線を向けられると頭が真っ白になり、過呼吸を起こし倒れてしまうこともあったという。四番目の被害者である小野修吾《おのしゅうご》は、小学生の頃にキャンプに出掛け、そこで野生の鹿が野犬の餌になっているところを目撃したせいで特定の動物恐怖症に陥ったという。中学三年まで心療内科に通院し、症状は回復したように思われたが、大人になってからも野生の生物が現れるような森林や山間部には絶対に近づきたがらなかった。

これらのことから、五年前には見えなかった被害者たちの共通点が恐怖症を抱えていることであるのがほぼ決定的となった。現時点ではその手段は不明だが、グレゴール・キラーは彼らのこの症状を何らかの形で知り得たうえで、それぞれの恐怖心を呼び起こ

すような殺害方法を実行した。それは間違いないだろう。

しかしながら、このことを会議で進言したところで、滝山をグレゴール・キラーだと決めつけている捜査本部にまともに取り合ってもらえるとは思えない。ゆえに、今はまだこの情報を明らかにするタイミングではなかった。

伶佳たちが滝山を捕まえてくれれば、本人の証言からも津島を殺していないことは分かるはずだ。確かな物証も無しに検察に送致するほど奴らもバカではないから、そうなって初めてグレゴール・キラーが別にいることを認めざるを得なくなる。そうなれば、加地谷たちが今追っているこの情報が切り札になる。

「そういうことだ。こっちも何かわかれば、あんたに伝えるよ」

そう言って、加地谷は立ち上がる。小さく頷いた伶佳は、横山に呼ばれて踵《きびす》を返した。

「冷徹なマシンどころか、めちゃめちゃ血の通った刑事でしたね」

去っていく伶佳の背中を目で追いながら、浅羽はぽつりとこぼした。

「そうだな。どっかの浮ついたバカよりずっと優秀だぜ」

「はは ぁ、カジさん、またそうやって俺をけなしていれば、いつかやる気を出すはずだなんて思ってるんすか？　甘いですよ。俺は何があっても、仕事よりもプライベートを優先するスタイルを変える気はありませんから」

浅羽はこれ以上ないほど自信に満ちた口調で、どーんと胸を張る。

「ほう、ポイントは良いのか？　天野警部補とお近づきになれるチャンスなのによ」

「あ、そうか。それいい考えっすね！　事件解決の折には俺と彼女のデートをカジさんがお膳立《ぜんだ》てしてくださいよ。彼女、カジさんのこと信頼してそうだし。ねえ、カジさんてば。なんで無視するんすか。ちょっと、置いて行かないで……」

なにやら喚《わめ》く浅羽を当然のように無視して会議室を後にし、階段を下りた加地谷は、追いかけてきた浅羽から捜査車両のキーをひったくる。

「とりあえず署にいてもどうしようもねえ。もう一度現場でも見ておくか」

「滝山って被疑者の行方を捜さなくてもいいんすか？　ぶらぶらしてるところを見つかったら、それこそ課長に大目玉っすよ」

そんなもの、怖くもなんともないと嘯《うそぶ》いて一階フロアを出口へ向かって歩き出した時、署に駆け込んでくる人影が目に留まった。

　見覚えのある顔だった。ガラスドアを体当たりするみたいに押し開けて駆け込んできたその青年は、落ち着きのない挙動で周囲を見回している。

「あれ、あそこにいるのって、この間の……」

浅羽も気がついたらしい。放っておいてもよかったのだが、何やら困っているように見えたので声をかけることにした。

「おいお前、どうしたんだ」

振り返った青年は二人の姿を確認した途端、目の色を変えて駆け寄ってきた。

「刑事さん、助けてください！」

「おいおい、ちょっと待て。お前……戸倉だったか。何があった？」

思いがけず強い力で加地谷に摑《つか》みかかってきたのは、津島義則が殺された事件の第一発見者である戸倉孝一だった。荒い呼吸を繰り返す戸倉の顔は汗に火照り、シャツがぐっしょりと濡《ぬ》れていた。額に玉の汗を浮かべながら、しかしそんなものに頓着《とんちゃく》する様子もなく、戸倉孝一は依然として強い力で加地谷の上着を握り締めている。

「ちょ、大丈夫すかカジさん？　誰か呼びます？」

慌てた様子の浅羽を手で制し、加地谷はもう一度、孝一の様子を窺《うかが》う。赤く充血した目を大きく見開き、何事か言いたげに口を開閉させていた孝一は、少しずつ呼吸を整え、ゆっくりと生唾《なまつば》を飲み下した後、

「僕の大切な人が……グレゴール・キラーに殺されたんです……」

そう、はっきりと告げた。

2

数日前、事情聴取をされた時と同じ会議室の同じ席に座り、僕は二人の刑事と向かい合っていた。長机の上には紙コップ入りのコーヒーが置かれている。ミルクも砂糖も入っていないそれで喉《のど》を潤しながら、僕は加地谷と浅羽に昨晩の体験を説明した。葵が家を訪ねてきたこと。話をしていたら急に何かに怯《おび》え始めたこと。鏡の前に立っても、彼

女の姿がそこに映らなかったこと。彼女が『変身』の一文を口にしていたこと。そして、その人物に誘拐され殺されてしまったこと。

すべてを話し終えた僕は、二人の反応を恐る恐る窺った。信じてもらえずに追い出されるかと思ったが、意外なことにそうはならなかった。

「どう思います、カジさん？」

「んー、ああ……」

水を向けられた加地谷は、がりがりと乱暴に頭をかいて、疑惑に満ちた眼差しを僕に向ける。心の奥の奥まで見透かされそうな鋭い眼光が、無遠慮に僕を射すくめ、見えない重圧に押しつぶされそうだった。永遠にも感じられるような長い沈黙の後で、加地谷は一つ、大きな息をつき、それから重々しく口を開く。

「にわかには信じがたいってのが本心だ。そもそも俺は昔からスプーン曲げもハンドパワーも、宜保《ぎぼ》愛子《あいこ》も織田《おだ》無道《むどう》も信じちゃいなかったからな」

「カジさん、たとえが古いっす。今どきの若者はそういうの、知りませんから」

浅羽が口出しした途端、加地谷は腰を浮かせていきり立つ。

「何ぃ？　てめえ、誰が時代遅れの化石ジジィだこの野郎。それが先輩に対する口のきき方かよ」

「いやいやいや、時代遅れってのはともかく、化石ジジィだなんて言ってないでしょ。被害妄想はやめてくださいよ」

慌てて抗議するも虚《むな》しく、会議室にすぱーん、と乾いた音が響く。

「ちょ、なにするんすかぁ！　都合が悪くなるとすぐ暴力振るうの、ホントどうかと思いますよ」

「お前はいちいち生意気なんだょ。俺のやり方に文句があるなら、成果の上がらねえ聞き込みでも一人でやってろ」

怒りに任せて吐き捨てた加地谷をきっと睨《にら》みつけ、浅羽は口を尖《とが》らせた。

「そう言いますけどね、俺がいなかったらカジさん一人で捜査することになるでしょ。それでもしものことがあったら、夢見が悪くなるじゃないすか」

「もしものことだぁ？　人を勝手に殺すんじゃねえよ」

「死なないまでも、危ないことなんて刑事にはたくさんあるじゃないすか。たとえば、えっと、その……ぎっくり腰とか」

「てめえ、やっぱり俺をジジイ扱いしてやがんな？　そこまで言うならわからせてやるよ。おら、かかってこいこの野郎」

椅子を倒して立ち上がる加地谷に「だからそうじゃなくて」と弁解する浅羽。二人のやり取りを見ていると、なんだかこっちまで緊張感を失ってしまう。

普段ならともかく、今みたいに切羽詰まった時に刑事の内輪もめなどどうでもいい。そう内心で吐き捨て、僕は長机を両手で叩《たた》いた。

「あの、お願いします。早く犯人を捕まえてください！」

今にも摑み合いをはじめそうになっていた二人は、そこでようやく我に返ったらしい。それぞればつが悪そうな顔をして、大人しく椅子に座り直す。

「それじゃあえっと、どうしますかカジさん？」

「どうもこうもねえ。幽霊なんてもんは最初から専門外だが、グレゴール・キラーが関与している可能性があるなら、捜査するのは俺たちの仕事だろうが。その白川葵って子が誘拐されて殺されたのが事実なら、犯人は捕まえなきゃなんねえ」

不服そうに言ってから、事実ならだぞ、と加地谷は念押しする。

「お、いいっすねえ。カジさんもようやく、人知の及ばぬスピリチュアルな現象に理解が深まってきた感じすか？」

「馬鹿野郎。何度も言わせんな。そんなもんを頭から信じてるわけじゃねえ。ただ、このあんちゃんは警察が公式に発表する前から『変身』の引用について言及した。津島が血を恐れてたってのも、もとはと言えばこいつの話がヒントになった。うさんくせえ与太話でも、聞くだけの価値はあると思っただけだ」

ぶっきらぼうに言って浅羽に言い含めたあと、加地谷は僕の方に視線を定めた。

「お前が見た幽霊──白川葵って言ったな。その子、『サンパギータ』で働いてるんだろ。てことは津島ともつながりがあったってことだよな」

「はい、ゼミが一緒でバイトも同じだったので。それなりにあったはずです」

一つ相槌《あいづち》を打った加地谷は、意見を求めるように浅羽を見た。

「被害者と関係のある人物が行方不明っていうのは、嫌な感じっすね」

「ああ、まったくだ。そのうえ何日も連絡がつかねえとなると……」

意味深に言葉を途切れさせた加地谷を前に、僕は最悪の結末を改めて突きつけられた気がした。

だが問題は、どうして彼女がグレゴール・キラーに狙われなければならなかったのかだ。それが僕にはわからなかった。もちろん、津島が狙われたことについても、僕には正当な理由を見出《みいだ》すことはできないけれど。

「たとえば、こういうのはどうすか。津島義則とグレゴール・キラーが接触した時、その葵ちゃんは何かの拍子に犯人の姿を目撃した、とか」

「口封じのために殺したってか。まあ、可能性としてはなくはないが、だったらなぜ、津島がいなくなった後すぐに殺さなかったんだ？　姿を消したのは遺体が発見された後だったんだろ？」

僕が肯《うなず》くと、浅羽はそっか、と意見を引っ込めて黙り込んだ。そのまま、再び沈黙が降りそうになった時、加地谷は思い出したように声を上げる。

「なあ、お前と白川葵は親しい仲なのか？」

「え？」

何のことかと怪訝《けげん》に思い問い返す。加地谷は少々焦《じ》れた様子で「だから」と前置きし、

「お前たちは互いをよく知ってるのかって訊《き》いてんだ。どうなんだよ」

「いや、そこまで詳しくは……」

まだ出会ってひと月も経っていないことを考えれば、当然の回答である。しかし、何となく自分が不甲斐《ふがい》ない感じがして、自然と語尾が曖昧《あいまい》になった。だがそれ以上に、どうしてそんな質問をされるのかがわからず、僕の胸には困惑が広がった。

「ちょっとカジさん。そんなこと訊くのは野暮ってもんすよ。男と女に出会ってからの時間なんて関係ない。大切なのはお互いがビビッと来たかどうかで……」

「てことは、彼女の過去に詳しいわけじゃねえんだな？」

なにやら悦に入っている浅羽を無視して、加地谷が言った。浅羽は不満そうに口を尖らせ、「ちょっと、無視しないでくださいよ！」などと抗議したが、見向きもされなかった。

「あの、それがどういう……」

「いや、別にそのこと自体をどうこういうつもりはねえんだよ。ただ、俺が訊きたいのは、白川葵って子に『恐怖症』はなかったかってことだ」

「恐怖症……」

ますますわからなくなり、オウム返しにした声も自然と弱々しくなる。

「そっか、共通点すね」

ポンと手を叩いた浅羽に対し、加地谷は視線でうなずく。ようやく反応してもらえてうれしいのか、浅羽の顔には年齢に似つかわしくない無邪気そうな笑みが浮かぶ。

「詳しいことは言えないが、グレゴール・キラーの被害者たちがそれぞれ、『恐怖症』を抱えていた可能性があるんだ。だから知ってたら教えてくれ。白川葵が何かを異常に嫌うとか、怯えるとか、そういう素振りはなかったか？」

更に問われ、僕は更に混乱を極める頭で、彼女とのやり取りを思い返す。

店での会話はほぼすべて、当たり障りのないものばかりで、プライベートに踏み込むようなものはなかった。だが、昨夜話をした葵は霊体ではあったものの、彼女の過去にまつわる話題がいくつかあった。依子がそうであるように、たとえ霊体だとしても葵は葵だ。彼女が語ってくれた幼少期の話もデタラメなんかではないはずだ。その話の中に、加地谷が求める『恐怖症』に関係する情報はなかっただろうか。

思い出せ。思い出せと自分に言い聞かせながら僕は記憶をさらに辿《たど》る。だめだ。楽しい思い出ならいくつも話してもらえたけれど、何かを恐れているというような話はしてもらえなかった。そもそも、強いトラウマなんかが原因で恐怖症を抱えている人が、そのことを簡単に人に話すなんてできないはずだ。

「確かに、消えてしまう直前の彼女は何かに怯《おび》えていました。でも、それが何なのかまでは僕には……」

わからない。彼女が特定の何かに対し怯えていたのか、それとも犯人に殺されるという死の恐怖に怯えていたのかは、僕には判断がつかなかった。もっと強引に彼女から話を聞き出せていればよかった。そんな後悔にまみれた自分が、どうしようもなく無力で

「――そうか。だが確証はないにしろ、可能性はあるってこったな」

不甲斐なかった。

「ありもあり。大ありですよ。これ、当たりじゃないっすか？」

僕の抱える不安などよそに、浅羽の声が興奮に上ずっている。その『当たり』が喜ぶべきものでないことは、おおかた予想がついた。

「大至急、その葵ちゃんって子の足取り、調べますか」

「いや、ちょっと待て」

思いがけず待ったをかけられ、浅羽は出鼻《でばな》をくじかれたように困惑した。加地谷は広げた手でがりがりと短髪の頭をかきむしり、眉間《みけん》の辺りを強く揉《も》みこむ。

「被害者の共通点が『恐怖症』だって仮説はいい、だが、グレゴール・キラーは津島やその葵って子が『恐怖症』を抱えている事実をどうやって知ったんだ？」

初歩的ともいえる質問を向けられ、浅羽はうっと言葉をつっかえさせて考え込む。

「通院歴とか、家族の話とか？　まさか、履歴書にそんなことは書かないっすよね」

その答えを見越していたかのように、加地谷は頭《かぶり》を振る。

「通院歴があっても、主治医には患者に対する守秘義務がある。たとえ警察が相手でも、簡単に明かしたりはしないもんだぜ」

「だったら、グレゴール・キラーが医者って可能性はないすか？」

「ないことはないだろうが、それだと病院にかかっていない人間の精神疾患を知ることはできねえな。現に、過去の被害者の中には一度も心療内科を受診していない者もいた」

浅羽は落胆したように肩を落とし、天井を仰いだ。無機質な会議室に、またしても重々しい沈黙がおりる。

本人から聞きでもしない限り、被害者が恐怖症を抱えているなんてことはわからない。それはその通りだ。でもグレゴール・キラーはその問題をクリアし、恐怖症を抱える人間を標的にしている。加地谷の推理が事実ならば、犯人はどうやって……。

――待てよ。

小さな閃《ひらめ》きが頭の片隅で瞬いた。同時に、葵が口にしていた言葉が記憶の沼から飛び出し、二つのピースがぴたりとはまる。

そうか。そういうことだったんだ。

「何か、わかったか？」

加地谷に問われ、僕は大きくうなずいた。

「昨日、彼女が言ったんです。家族を捨てた父親のことでとても悩んでいたけど、大学に入ってから悩むこともなくなったって。優秀な先生が、研究の一環でカウンセリングをしてくれたって。本当は病院や専門のクリニックに行かなきゃならないけど、彼女の大学ではその、非公式のカウンセリングをしてくれていたそうです」

再三にわたり、加地谷と浅羽は顔を見合わせた。二人の間には、ひどく不穏で、それでいて強い確信に満ちたような意思の光が宿っている。

「ちょっと待て。白川葵は、津島と同じ大学だって言ってたな」

「ええ、そのはずですけど」

何か重要なことに気がついたとでも言いたげに、加地谷は喉《のど》を鳴らした。その顔には巨大な敵を前に武者震いするような、隙のない表情を浮かべていた。

「あの、どういうことですか……？」

話が見えない。捜査中の事件について話せないのはわかるが、こうして話しているのだから、差し障りのない話くらいはしてくれてもいいはずである。

そんな僕の心中を察したように、加地谷が口を開きかけた時、ピロピロと間の抜けた電子音が室内に響く。彼は話を中断し、懐からスマホを取り出して耳に当てた。

「加地谷だ。どうした？」

スピーカーを通して、女性らしき人物の声が微《かす》かに聞こえてくる。

「……おいマジかよ。クソが！」

突然、加地谷は長机を大きな拳《こぶし》で殴りつけた。突然のことに僕は飛び上がりそうなほど驚いたが、そばでスマホをチェックしていた浅羽は本当に飛び上がっていた。

「カジさん、いきなり叫ばないで下さいよ。危うく漏らしちゃうところでしたよ」

茶化そうとする浅羽をじっと見据え、加地谷は深くため息をついた。多分それは、浅羽のつまらない冗談に対するものではなく、もっと別の、ままならないことに対する苛《いら》立《だ》ちなのだろうと、僕は感じていた。口の中に『変身』の引用が記された紙が詰め込まれていたそうだ」

「そ、そんな――」

浅羽は驚愕《きょうがく》に目を見開き、何か言おうとして口を開閉させるが、それ以上の言葉が吐き出せず、苦しそうにあえぐばかりだった。

聞き慣れぬ名前と、その人物の遺体が発見されたという事実。動揺を隠せないでいる二人の刑事を交互に見やりながら、僕は何も言えず戸惑うばかりだった。

3

滝山稔の遺体が発見されたのは、市のはずれにある閑静な住宅地の一角に建つ空き家だった。持ち主が死亡してからは長らく放置され、朽ちるに任せていた状態らしい。発見したのは近所の中学生グループで、空き家探検と称し、たびたび立ち入っては秘密基地気分を味わっていた。この日も彼らはテスト期間で学校が早く終わったのをいいことに、コンビニでスナック菓子や飲み物を調達し、周囲の目を気にしながら空き家に侵入した。床板の軋《きし》む廊下に入った途端、先頭を行く一人が何か異様な臭いを感じ、恐る恐るリビングのドアを開いた。

そこには、ひざまずき、祈るような体勢の男の姿があった。周囲にはおびただしい量の血だまり。壁や天井に至るまで、細かな血しぶきが飛び散っていた。あまりの惨状にパニックを起こし、我先にと逃げ惑う少年たちの姿を、胴体から切り離され、床に転がった滝山の首が、虚《うつ》ろに見据えていた。

空き家の前で何事か喚《わめ》いている少年たちを発見した近所の住民が通報し、駆けつけた警察官が事態を把握。すぐに本部へと通達され、滝山の捜索に当たっていた伶佳と横山が真っ先に現場に到着した。殺されていたのは紛れもなく滝山稔であり、猟奇的なその手口と口腔《こうこう》内からは津島の口に残されていたのと同じ『変身』のメモが発見されたことから、グレゴール・キラーの犯行であると断定された。

遺体は死後六日ほど経過しており、これは津島の遺体が発見される前日に死亡していた計算になる。遺体の状況はかなり酸鼻を極め、切り落とされた首の切断面には生体反応があった。つまり滝山は生きたまま首を切り落とされたことになる。両手は組んだ状態で瞬間接着剤で固められ、強制的に祈りの姿勢を取らされていたようだ。

また、現場には滝山のものと思《おぼ》しきスーツケースがあり、中からは高谷恵の頭部と両手首が発見されている。これらを処分するために空き家に運び込んだ滝山は、この場所でグレゴール・キラーに捕まり、拷問を受けた後に殺害された。その見解に間違いはなさそうであった。

「グレゴール・キラーは自身の犯行を真似た滝山に制裁を加えるために、ひざまずかせて許しを請わせた状態で、生きたまま首を切断したのでしょう」

伶佳の声には、明らかな緊張が含まれていた。あまりに凄惨《せいさん》な現場を前に、動揺を隠せない様子だった。

グレゴール・キラーの犯行を模倣した滝山が真犯人の怒りを買い、報復として殺害された。報告を受けた刑事課長はそう結論づけた。これにより滝山がグレゴール・キラーであるという憶測は完全に否定され、高谷恵殺害の事件と津島義則殺害の事件が滝山とグレゴール・キラーそれぞれの犯行であることは明白となった。図らずも、加地谷が主張していた結果を捜査本部が受け入れる形となったのだった。もちろん彼らは、その事実を認めようとはしないだろうが。

『これから署に戻り捜査の仕切り直しです。お二人も招集されるでしょう』

「ああ、だが俺たちは別件で動かなきゃならねえ。呑気《のんき》な本部連中を待ってなんかいられねえよ」

皮肉を込めた物言いに対し、伶佳はくすっと珍しく笑う。

『そうおっしゃると思いました。恐怖症という被害者の共通点に関しては、私から伝えておきます』

「助かる。それともう一つ、わかったことがあるんだが……」

喋《しゃべ》りながら、加地谷は戸倉孝一を一瞥《いちべつ》する。それから白川葵の情報と、彼女が口にしていたカウンセリングの件について説明した。

『それは重要な情報ですね。その女性が受けたカウンセリングを、津島義則も受けていたとしたら……』

電話の向こうで、伶佳が息をのむ。そして同時に、刑事としての血が騒ぐらしく、声の調子に熱がこもっていた。

「今、浅羽が大学に問い合わせてる。担当の教授と話せれば、何かわかるはずだ」

『わかりました。では連絡を待ちます。ところで、この情報はどこからのものですか？信頼できる情報筋と判断して問題ないのでしょうか？』

当然の疑問である。しかし、今ここで正直に言ってしまうと、いらぬ誤解を与えかねない。そう判断し、加地谷は曖昧《あいまい》に言葉を濁すことにした。

「本部には報告できない情報筋ってやつだ。しかも、オカルト系のな」

『そうですか。では、私も深く詮索《せんさく》しません』

思いのほかあっさりと引き下がった伶佳の態度に、加地谷は少々、拍子抜けしてしまう。この調子だと、伶佳はＵＦＯの目撃情報ですらも信じようとするのではないかと心配にもなった。

「カジさん、蒲生教授が旅行から戻ってきているみたいっすよ」

通話を終えると同時に、浅羽がスマホをよこしてきた。話の通じない事務係ではなく、気心の知れた相手と話ができるというのはありがたい。スマホを受け取り耳に当てると、ほとんど同時に保留音が止み、聞き覚えのある低いだみ声が聞こえてきた。

『あー、蒲生だが、どちらさまかな？』

「荏原警察署の加地谷だ。センセイ、覚えてるか？」

『加地谷？　おお、あの生意気な刑事か』

教授はそういうと、懐かしそうに笑いだす。口調とは裏腹に嬉《うれ》しそうな笑い声につられて、加地谷も自然と笑みをこぼした。

「久しぶりだな。元気そうで安心したぜ」

『ふん、心にもないことを。君と最後に話したのは、垣内君の葬儀の時か』

しみじみと、過去を振り返るような口ぶりだった。五年も前のことだが、今もはっきりと覚えている。

とても風の強い日だった。火葬場の煙突から立ち上る黒い煙が吹きすさぶ風によって瞬く間にかきみだされていくのを、慣れない喪服に身を包んだ加地谷はぼんやりと見上げていた。ちょうど桜が満開の時季で、葬儀場の駐車場には鬱陶《うっとう》しいくらいに桜の花びらが舞い散っていた。その光景すらもつぶさに思い出せる。

告別式を終え、火葬場へと運ばれた垣内の遺体が焼かれている間、加地谷は一人、駐車場の一角にある喫煙スペースに佇《たたず》んでいた。煙草を吸いたいというより、居場所がなかった。垣内の遺族は、葬儀にやってきた加地谷に対し明確な怒りを滲《にじ》ませた眼差《まなざ》しを向けた。高校時代からの仲だという妻の泣きはらした赤い目や、翌年には小学校に上がる予定だという娘の、参列者の中に父親の姿を探すような仕草が見ていられなくなり、逃げるように会場の外に抜け出したのだった。

ふと気がつくと、そばに蒲生教授の姿があった。誰にもらったのか、普段は吸いもしないはずの煙草を太い指に挟み「火はあるかね?」とわざとらしく近づいてきた教授は、その日、加地谷が口をきいた唯一の人物だった。慰められたわけでも、励まされたわけでもない。ただ、当たり障りのない話をして、生きていた頃の垣内の話をいくつか交わした。それだけだった。

だがそのたわいもない会話の中で、教授はいつものように憎まれ口を叩《たた》こうとはしなかった。垣内がいなくなってしまった今、二人が本気で口論を始めたら、止めてくれる人間はいない。そのことを理解していたのだろう。

当時のことを思い返したせいか、加地谷と蒲生教授は少しの間、言葉を見失ったみたいに黙り込んでいた。だが、いつまでも過去の感傷に浸っている暇はない。そう思い直し、加地谷は口火を切って話し出す。

「センセイ、お互い忙しい身だ。枕は無しで質問するぞ」

『ふん、相変わらずせっかちな男だな。一体何が知りたいんだ?』

懐かしさを覚える乱暴な口調のやり取りに口元を緩めながら、加地谷は続ける。

「あんたの大学で行われてる『カウンセリング』についてだ。それを主導している奴を知りたい」

『カウンセリングなら、うちの大学に臨床心理センターというものがある。そこはいわゆる大学院付属の相談機関で、臨床心理学を専攻する院生や修了者が専任教員の指導のもとにクライエントにカウンセリングを行うものだが……』

「違う、そうじゃないんだよ」

加地谷は蒲生の説明を強引に遮った。

「過去の経験やトラウマによって精神的な疾患――はっきり言うと『恐怖症』を抱えている者を対象にした非公式のカウンセリングがあるって聞いたんだ。それが事実かどうかを知りたい」

蒲生はしばし考え込むように唸《うな》っていたが、さほどの抵抗も見せずに『事実だ』と認めた。

『正確には、事実だったというべきだな。強迫性障害やPTSD、恐怖症といった様々な精神的障害を抱える若者を研究対象に、犯罪心理学や臨床心理学の視点からアプローチを仕掛けるための〈対話〉をするという研究を行っていた時期があった』

つまりは、簡単に言えば、精神的なトラウマを抱える人間を研究材料にして『対話』し、分析していたということだろう。

「研究対象はどうやって集めたんだ？」

『ふむ、あまり大っぴらに募集することもできんかったからな。人づてにどこからか集めてきたと聞いていたが……』

詳しい方法まではわからないと、教授は声の調子を沈ませた。

「過去形なのは、今はもうその研究をやってねえってことか？」

『そうだ。もう四年以上前になるか。ちょうどグレゴール・キラーの事件があった頃に試験的に行っていたが、すぐに中止させた』

「中止だと？」

　思わず問い返す。

『私は当時から、ドイツの大学と共同で行っている別の研究にかかりきりでな。現場は助手に任せて定期報告を上げさせていたんだが、あんたたち警察に協力していたこともあって、そちらに目を向ける余裕もなくなったことと、主導していた助手が海外留学してしまってな』

「それ以来、再開されていない？」

『そのはずだが？』

　それはおかしい。行方不明となった白川葵（の霊？）は戸倉孝一に対し、カウンセリングをしてもらって楽になったと話している。それが事実なら、ごく最近にそのカウンセリングが行われていたことになる。おそらくは、蒲生教授の知らないところで、既に中止された研究が、何者かの手によって再開されている。そういうことなのだろう。

『しかし、おかしなことを訊《き》いてくるな。それがどうかしたのか？』

「実は、あんたの旅行中にグレゴール・キラーが戻ってきたんだ」

　教授が息をのむ気配が伝わって来た。あえて事態を理解する時間を与えたうえで、加地谷はこれまでの経緯をかいつまんで説明する。大学の学生が犠牲になっているという事実を、彼は知らなかったらしく、呑気《のんき》な口ぶりの中にも悲痛を滲ませた。

『警察は、犯人の目星をつけているのか？　また私に次の犯行場所を特定しろなんて言うんじゃないだろうな』

「安心しな。そんなことは言わねえよ。ただ、さっきの『カウンセリング』を利用した研究によって、グレゴール・キラーは被害者の精神的な悩みを知り、それぞれのトラウマに沿った殺害方法を行っていた。つまりあんたの目を盗んで、今もひそかに研究を続けている人物ってことになる」

『馬鹿な。そんなことができるわけが……』

言いかけた言葉を飲み込んで、教授は沈黙した。

「教授？　おい、どうした？」

『一人いる。さっき話した助手の男だ。彼なら、研究内容を全て把握している。しかし、彼がそんな……』

何やら戸惑っている様子の教授をよそに、浅羽と顔を見合わせ、うなずき合う。

「その助手は今どこにいるかわかるか？」

『ああ、もちろんだ。彼はここ数年イギリスに留学していたが、一年ほど前に帰国し、今は教鞭《きょうべん》をとっている』

「なんだと？」

聞き返しながら、加地谷は息を詰めた。何か、強烈な不快感が胸の内から沸き上がってくるのを知覚する。

「そいつの名前は？」

『美間坂くんという、臨床心理学の准教授だ』

数日前、明北大学の講堂で話をした時の美間坂の顔が、脳内にフラッシュバックする。

――美間坂……あの野郎が……。

その名を口中に呟《つぶや》き、加地谷は奥歯を噛《か》みしめた。腹の中で煮えくり返る怒りが、今にも間欠泉のように噴き出しそうだった。

「教授、今すぐそっちに行く。そいつの身柄を押さえていられるか？」

『それは無理だ。彼はこの数日休暇をとっている』

それを聞いた時点で、ほぼ確定的に思えた。間違いない、という感覚が強く胸のうちに広がり、同時に、奴と面と向かって話をしておきながら、何も気づかなかった自分自身に腹が立つ。

『これが単なる休暇ではないとすると、自宅にいるとは思えんな。彼が犯人ならば、どこかで次なる犯行を……』

そう告げる教授の声にも、さっきまでの覇気がない。失意と絶望が同時に押し寄せたような衝撃に見舞われ、感情をうまく処理できていないのだろう。

「クソが。どこかに隠れてやがるんなら、そこを特定するまでだ。おい浅羽、天野に連絡して美間坂の情報を調べさせろ。大至急だ！」

「は、はい！」

浅羽が弾《はじ》かれたように会議室を飛び出していく。その背中を見送ってから、忘れかけていたスマホを再び耳に当て、簡単に礼を言うと教授との通話を終えた。そして会議室のドアに向かおうとした時、

「──あの、加地谷刑事」

不意に名を呼ばれ、加地谷は立ち止まる。夢中になってつい存在を忘れていたが、室内にはまだ戸倉孝一の姿があった。所在なげに椅子に座り、捨てられた子犬みたいな顔で加地谷を見上げている。

「犯人、わかったんですよね？」

「まだ可能性の段階だ。これから確かめに行く」

「ぼ、僕も連れて行ってください」

突然そんなことを言われ、加地谷は「はぁ？」と素《す》っ頓狂《とんきょう》な声を漏らした。

「何言ってんだお前。そんなことできるわけないだろ」

「でも、僕は……」

「駄目なもんはダメだ！」

食い下がろうとする孝一に対し、加地谷は声を荒らげた。

「お前にできることはもうねえんだ。こっから先は俺たちに任せろ」

有無を言わせぬ口調で告げた加地谷を苦しそうに見上げ、孝一は沈痛な面持ちで視線を落とす。

——気持ちは分からないでもないがな。

そう内心で呟いてから、加地谷は踵《きびす》を返して会議室を飛び出した。

第五章

1

「美間坂創《そう》、明北大学臨床心理学科の准教授。年齢は三十四歳。留学先のイギリスの大学で犯罪被害者の精神的疾患に対し、認知行動的アプローチによる治療法を研究していた。犯罪被害者や幼少期に虐待を受けたことによるトラウマに苦しむ者を対象とした研究を多く経験し、准教授の任についてからも独自の研究を続けていた。担当するゼミ──これは白川葵や津島義則が在籍していたゼミですが、そこでは学生たちの研究と称し、心に深い傷を負った患者をそれぞれ一人ずつ見つけ、その症状を緩和するための『治療法』を見つけ出すという課題を出していた。その一環として非公式に行われていたのが美間坂による『カウンセリング』っす」

走行中の車内、ステアリングを握る加地谷は、視線を前方に固定したまま、伶佳からの情報を読み上げる浅羽の声に耳を傾けていた。

「表向きは、犯罪被害に遭った人の精神的苦痛を緩和するための効果的な治療法を見つけ出すため。でも本当の目的は治療なんかじゃなくて、新たな犠牲者を探してたってことっすよね。立場を利用して、学生たちにそれっぽい研究対象を探させることで、自分とはつながりのない、無関係な被害者に近づくことができる。学生たちは単位欲しさに、ネットやSNSを使って恐怖症を抱える患者を探し出し、研究に協力してもらっていた。見返りに金銭を渡していたケースもあったみたいです」

苦々しい口調で苛立《いらだ》ちをあらわにしながら、浅羽は重く息をついた。

「ていうか俺、最初からこの美間坂って奴が気に入らなかったんすよね。ああいう、顔も良くて頭もよくて何でもできますって澄まし顔してるやつに限って、裏では何してるかわからないものなんすよ」

「当たり前だ。悪党面した悪党よりも、善人面した悪人の方が、社会には多くはびこってるもんだろ」

まあ確かに、と呟く浅羽は、不満そうな表情を隠そうともしない。

「けど何より俺が不気味に思ったのは、カジさんを見る奴の目っすよ。なんか異様に熱がこもってるっていうか、好意的過ぎるっていうか……」

「それも当然だ。奴の正体に気付かない俺を内心で嘲《あざけ》ってやがったんだからな」

五年前、相棒を目の前で殺された哀れな刑事が再び目の前に現れた。しかも、犯人だとも知らずに手掛かりを求めてやってきたのだ。そんな状況が、奴にとって楽しくないはずがない。表情や言葉の端々にそういったサインは出ていたはずなのに、加地谷は少しも奴を疑いはしなかった。己の不甲斐《ふがい》なさに怒りを覚え、奥歯に痛みを感じるほど強く歯噛《はが》みした。

すでに日の沈みかけた国道は交通量が多かったが、流れはスムーズで渋滞に巻き込まれる心配はなかった。一日の仕事を終えて帰路に就くドライバーたちが信号待ちの間、眠そうに目をこすったり、欠伸《あくび》を噛み殺したりするのを横目に、加地谷は話の続きを促す。

「美間坂は学生たちの間でかなり人気があったようで、ファンクラブまであったとかなかったとか。くそ、こんなところまでイヤミったらしい奴っすね」

「いちいち噛みついてんじゃねえよ見苦しい。プライベートはどうだったんだ。親しい友人だとか恋人だとか」

「そういうのはいなかったみたいすね。学生はもちろん、同僚や上司からも好かれてはいたけれど、食事や飲みに誘ってもなんやかんや理由をつけて断ることが多かったそうです。こういうタイプに限って、家では怪しいポルノなんか見て、夜な夜な一人で興奮してたりするんすよ」

「だから、そういうのはいいって言ってんだ。家族はいるのか？」

嫉妬《しっと》めいた身勝手な妄想を一蹴《いっしゅう》し、加地谷は問う。

「両親は市内に暮らしていましたが、二人とも六年ほど前に死亡してます」

「死因は？」

「自動車の事故みたいっすね。峠道でカーブを曲がり切れずに谷底に落下、車体は炎上。

現場にブレーキ痕《こん》がなかったことから、居眠り運転が原因ではないかと。ちなみにこの二人は里親で、実の母親も美間坂が小学六年生の頃に死亡してます」

「父親はいたのか？」

浅羽は険しい表情をして首を横に振った。

「美間坂が生まれて間もなく、両親は離婚。以後父親とは会っておらず、離婚直後は母親の実家で暮らしていました。しかし仕事もせず遊び歩いている母親と祖父母との間で関係が悪化し、実家を出て市内のアパートに二人暮らし。ただ、この頃母親は何人かの男と入れ替わり関係を持ち、よく自宅に連れ込んでいたみたいっす。これだけで、かなり荒《すさ》んだ家庭環境だったことがわかりますね」

幼い美間坂を取り巻く環境がどんなものだったかは想像するに容易《たやす》い。虐待なりネグレクトなりという扱いを受けていた可能性は高いように思えた。

「母親が男を連れ込むたび、美間坂は祖父母の家に避難していたようですが、彼が小学校に上がって間もなく、祖父母が立て続けに病死し、頼れる相手を失った美間坂は狭いアパートで母親とその恋人との暮らしを続けていました。ところがある日、母親が薬物の過剰摂取であっけなく死亡します。交際相手の男はケチな売人で、暴力団のクスリをくすねたとかで逃げ回った挙句、見せしめに殺されていますね」

父親の所在もつかめず孤児となった美間坂は、一時的に児童養護施設で暮らしていたという。

「施設に入ってから一年ほど経ち、美間坂はとある裕福な夫婦に引き取られて、今の姓を名乗るようになります。それまでの人生とは真逆の恵まれた環境に身を置くことで元来の優秀さを発揮し、明北大学に進学。犯罪心理学を専攻し、大学院を出た後は蒲生教授の助手に抜擢《ばってき》されています。この辺りは絵に描いたようにスムーズな人生って感じっすね。実の親には恵まれなかったけど、里親に恵まれたおかげで人生を取り戻したってところすか」

独り言のように呟いて、浅羽は先を続ける。

「で、その里親が所有していた別荘を相続した。奴はそこに潜伏している可能性が高いってことっすね」

それこそが今二人が向かっている目的地であった。

署を飛び出した二人が明北大学へ向かう道中、伶佳から連絡が入り、捜査本部がすでに大学や美間坂の自宅へ捜査員を向かわせていると知らされた。残念ながら、そのどちらにも美間坂の姿はなく、逃亡先としていくつか挙げられた候補の中に、美間坂が所有する別荘があると聞いて、加地谷は本部の指示を待つことなく車を走らせた。

伶佳には「単独行動は行きすぎないように」と釘《くぎ》を刺され、あくまで美間坂の潜伏先を特定し、応援が到着するまで監視してほしいと強い口調で言われたが、そんな言いつけを素直に受け入れられるほど、加地谷は冷静ではなかった。

――そんな命令、クソくらえだ。

内心で呟《つぶや》き、対向車線越しに広がる広大な海原へと視線をやった。ちょうど日が沈む時間帯ということもあり、赤々と染め上げられた空には群青色の闇がおりつつあった。最後の抵抗とばかりに光を放つ太陽は水平線の向こうへとその身の大半を沈ませている。眼下の港町には明かりが灯《とも》り、夜を迎える準備が整いつつあった。

荏原市のインターチェンジから高速道路に乗って、札幌市の郊外で一般道に合流。その後国道を小樽《おたる》方面に走る。一時間と経たず車は海沿いの町に入り、海岸線の高台を上った先には、瀟洒《しょうしゃ》なつくりの戸建てがずらりと並ぶ別荘地があった。建物はどれも立派だったが、この辺りは交通の便が悪く人通りも少ない。潮風に晒《さら》されたせいか、信号や標識は塗装が剥《は》げて錆《さび》が浮き、歩道の雑草は伸び放題。遠目には素敵に見えた建物に至っても、よくよく見れば朽ちた廃墟《はいきょ》と化しているものが多く見受けられた。モデルルームや内見の案内看板は多かったが、この不景気では売りに出してもろくな買い手がつかないのだろう。そのほとんどが雨風にさらされ放置されて、一帯に寂れた空気が漂っていた。

目的地はまもなくであるらしく、浅羽はさっきから忙《せわ》しなく窓の外を見やり、美間坂の所有する屋敷を捜していた。山の斜面を切り開いて作られたような別荘地は、半ば森に埋もれているため、全体を見通すことが難しい。住所に地番はあっても、建物の特徴が記されているわけではないため、なかなか見つけられないのだ。

「――カジさん、いっこ訊《き》いてもいいすか？」

のろのろと車を走らせながら、窓の外に目を凝らしていると、浅羽がふと思い出したような声を出した。

「なんだよ」

面倒くさそうに応じると、浅羽は少々、言いづらそうに口をもごもごさせた。

「グレゴール・キラーを捕まえて垣内さんの仇《かたき》を討ったら、その後はどうするつもりなんすか？」

「どうもこうもあるか。墓参りして、酒でも飲むさ」

ぶっきらぼうに応じて、加地谷は鼻を鳴らした。

「……刑事、やめたりしないっすよね？」

その質問には、すぐに答えることはできなかった。不安そうに眉《まゆ》を寄せ、何かを懇願するような強い視線を向けてくる浅羽から強引に視線をそらした加地谷は、

「……馬鹿野郎」

そう、小さく呟いた。

それから二十分ほど、急勾配《こうばい》の坂道を上ったり下りたりを繰り返しながら、小高い斜面に沿って家々が立ち並ぶ別荘地の最奥へと車を走らせていく。

「あった！　カジさん、ありましたよ。あれ、あれじゃないすかね」

声を上げた浅羽の指さす方に目を凝らすと、通りの突き当りに一軒の屋敷があった。周囲を見回しても、他にそれらしい建物はなく、屋敷の門の前には一台の乗用車が停められている。シーズンオフということもあってか、他に車が停まっている家は見当たらない。

よく磨き込まれたその車の手前に捜査車両を停め、エンジンを切って車を降りる。レンガ造りの塀には鉄製の柵《さく》がめぐらされ、敷地をぐるりと取り囲んでいた。途中、レンガが崩れて柵がひしゃげている部分があり、周囲には雑草が生え放題だった。両開きの門扉は開放されていて、屋敷の入口へと石畳が続いている。左右の庭はやはり荒れ放題で、まったく手入れされておらず、朽ちるままにされているようだった。

「これじゃあ『変身』っていうより、シャルル・ペローの『青髭《あおひげ》』の城って感じっすね」

茶化すような口調とは裏腹に、浅羽の顔にははっきりとした緊張の色が見て取れた。四六時中ふざけているようなこの男でも一丁前に緊張などするのかと、妙に感心しながら加地谷は改めて屋敷を見上げる。

周囲の木々に陽光を遮られ、逢魔《おうま》が時《とき》の薄闇に溶け込むようにして佇《たたず》む白亜の屋敷は、外壁の所々が剝がれ落ち、屋根の一部も崩れていた。窓ガラスはかろうじて割れていないものの、雨風に晒されたせいか、茶色い汚れがこびりついている。玄関に表札はなく、真鍮《しんちゅう》製のドアノッカーのついた大きな木の扉は、外界との間に境界線を作ろうとしているかのように固く閉ざされていた。

この先にグレゴール・キラーがいる。おそらくは、加地谷が来ることを見越して待ち伏せしているのだろう。奴は馬鹿じゃない。いつまでも警察を欺けるわけなどないとわかっているはずだ。加地谷がこの屋敷に辿《たど》り着くことも、奴の中では想定内なのだろう。屋敷に踏み込んで奴を確保すれば事件は終わる。だが、それが簡単にいかないことを、加地谷は身をもって体験していた。

大事な相棒を目の前で失った五年前のあの日に。

息がつまるような静寂を引き裂くように加地谷の携帯が鳴った。表示を見ると、伶佳からだった。

「加地谷だ」

『天野です。美間坂の別宅に到着しましたか？』

「ああ、目の前にいる」

ふわりと夜の風が吹き抜けていく。ざわめく木々の音に、加地谷は周囲を見渡した。風にあおられた木々が不気味に葉を揺らしながら、こちらを見下ろしている。

『まだ踏み込んでいないのですね。よかった。では我々が到着するまで待機していてください』

「そうは言ってもなぁ。奴が中にいるかどうか、確かめねえとならんだろうが」

『しかし、二人で突入するのは危険です。それに、我々の調べでは、白川葵さんが失踪《しっそう》したとされる日の前日にもう一人、美間坂の〈研究〉に参加していた専門学校生の男性が行方不明になっていることがわかりました』

「なにぃ？　もう一人だと？」

思わず声が大きくなる。話の内容を察知し、浅羽も怪訝《けげん》そうに眉をひそめた。

『家族からも行方不明者届が出ています。おそらく彼は、今も美間坂に監禁されている』

「そいつも恐怖症があるのか？」

『詳しい確認は取れていませんが、家族の話では、彼は幼少期にホームレスの腐乱死体を発見したことがあるようです。以来、かなり深刻な心的外傷を抱えていたとか。美間坂のゼミ生の一人が、アルバイト先が同じ彼に研究に参加してもらい、美間坂のカウンセリングを受けていたと証言しました』

くそ、と意図せず毒づいた加地谷は、空いている方の手でがりがりと頭をかいた。

『人目につかず、助けを求める声も届かない場所となると、加地谷さんが今目の前にしている別宅が有力な候補です。下手に犯人を刺激しないためにも、二人で踏み込むべきではないと判断します』

「逆だろうが。その若造の命が危険なら、さっさと助けに行くべきだ」

『しかし、加地谷さん――』

突然、伶佳の声が遠ざかり、その代わりに聞きたくもない陰険な声がスピーカーから溢《あふ》れてきた。

『おい加地谷！　貴様また勝手な行動をとるつもりか！　五年前に痛い目に遭ったこと

を忘れたのか！』

一方的に怒鳴りつけられ、加地谷は辟易《へきえき》する。

「狸……いや課長、今は五年前のことは関係ねえ。奴は捕まる前に犯行をやり遂げるつもりだぞ。こうして言い合っている一分一秒が無駄だってことくらい、アンタにもわかるだろ」

『だからと言って、お前の単独行動を許したら他の連中に示しがつかんだろう。それに、お前ひとりが傷つくならまだしも、また相棒が殺されるようなことになったらどうするんだ！』

その一言は、加地谷の胸に直接ナイフを突き刺したような衝撃を与えた。無意識のうちに、視線が相棒の――浅羽の方へと向く。

え、なんすか？　ととぼけた調子で首をひねる浅羽から強引に目をそらし、加地谷は両目を固く閉じた。あの夜感じた絶望が、恐怖が、さざ波となって加地谷の胸を急き立《せ》てた。課長の指示を受け入れ、ここでじっとしていることが正しい判断だというのはわかる。だがその結果、またグレゴール・キラーを取り逃がしてしまったら？

そうなったら、もう二度と奴をつかまえられない。そんなのは、絶対にごめんだ。

『おい、聞いてるのか加地谷！　今、応援が向かってる。大人しく――』

ぷつりと、まるでラジオの電源を落としたみたいに、課長の声が掻《か》き消えた。そのまま、スマホの電源を落とし、上着のポケットに入れると、加地谷はわずかに呼吸を整えて、正面の屋敷に向き直る。

「いいんすかカジさん？　命令違反は重罪すよ。今回は減俸じゃ済まないかも」

「だったら、お前はここに残るか？」

　そうしてくれてもいいと思ったのは本心だった。

「何言ってんすか。一緒に行きますよ。いけすかねぇ犯人、逮捕するんでしょ」

　普段と変わらぬ、あっけらかんとした口調で言うと、浅羽は黒地にアクアブルーストライプのキザったらしいネクタイを人差し指でぐいと緩めて歩き出す。その背中に、かつての相棒の背中が重なり、加地谷は束の間言葉を失った。

「何してるんすかカジさん。置いて行きますよ」

「……ふん、生意気言うな馬鹿野郎」

　加地谷は小さく笑いながら、浅羽の後頭部を思い切りひっぱたく。

　すぱん、という乾いた音が、静まり返った別荘地に響いた。

2

　重々しく閉ざされていた木製の扉は思いがけず施錠されておらず、塗装の剝《は》げたノブを回すと、見た目に反してあっさり開かれた。中はぼんやりと薄明かりが灯《とも》っており、壁や天井の照明が放つ頼りない光が屋内の陰影をおぼろげに浮かび上がらせている。

「うっ……この臭い」

広い玄関スペースに足を踏み入れた瞬間に、異臭が鼻を突いた。手で鼻と口を押さえた浅羽が、においの元を探るようにライトで玄関ホールを照らす。

「鼻が曲がりそうだな。クソったれめ」

「大げさじゃなく、そういう表現がふさわしいっすよ。胸やけがしてきました」

むせ返るような臭いを別にすれば、イギリスの古い邸宅を模したような屋敷内部は想像していたよりも荒れ果てておらず、定期的ではないにしろ人の手が入っている気配が感じられた。こまめに掃除をしに来ているのか、あるいは被害者を連れ込んで監禁し殺害するため、頻繁に利用しているだけなのか。どっちが正解かは考えないでおく。

見上げるほどの柱時計や壁に掲げられた抽象的な絵画、正体のつかめない不定形な形をした彫像など、どこぞの美術館と見まがうような調度品がいくつも飾られたホールを足音を立てぬように通過する。左右にいくつかある扉は閉ざされていたが、ホールの正面奥、両開きの扉だけが開放されていた。その奥は食堂になっていて、テーブルや背もたれの高い椅子が見て取れ、白いテーブルクロスが薄闇の中に浮かび上がっている。

「カジさん、誰かいます」

浅羽がライトの光を向けた先、こちらに背を向けた椅子の脚の部分を注視すると、靴を履いたままの人間の足が見えた。ちょうど椅子に腰かけ、姿勢よく座っている状態の足首から下の部分である。

「美間坂ですかね？」

さあな、と端的に答え、

「おい、そこのオマエ。こっちを向け」

大きな声で呼びかけた。

「……反応ないっすね。寝てんのかな」

「んなわけあるか」

二人は食堂に入り、椅子に座っている人物を左右から挟む形で回り込む。

「うわ……うわあああ！」

その顔を覗《のぞ》き込んだ瞬間、浅羽は悲鳴を上げ、その場にしりもちをついた。

「な、なんすかそれ！　どうなって……」

無様に座り込んだまま、浅羽は震える指先で椅子に座る人物を指す。反対側からその人物を見下ろす加地谷は、慌てふためいたりはしなかったが、むせ返るほどの血の匂いと生々しい惨劇の様子に言葉を失っていた。

服装や体つきから判断して、椅子に座っていたのは二十代前半と思《おぼ》しき青年だった。おそらくは伶佳の情報にあった専門学校生だろう。だが、今すぐに本人かどうかを確かめるのは不可能だ。

青年の顔からは皮膚が失われていた。額の生え際からこめかみ、頬、顎《あご》を経由して、ぐるりと一周するかたちで皮膚を切り裂き、顔面の皮膚をずるりとひっぺがされている。

むき出しになった筋組織がぬらぬらとライトの光を反射させ、眼球も、歯茎も、何もかもをあらわにした青年は、まるで人体模型のようにまっすぐ正面を見据えたまま事切れていた。

切り取られた顔の皮膚は大皿に広げて置かれ、中身を失った顔が中身だけになった顔と向かい合っている。テーブルクロスをはじめ、被害者の衣服や椅子、カーペットに至るまで、おびただしい量の血液が飛び散っていることも含めて、なんとも陰惨たる光景だった。

「どんな人間も、一皮むけば同じってか。これじゃあ身元を特定するのが難しいな」

「いやいやいや、カジさん、笑えないっすよそれ。一皮むくってのは比喩《ひゆ》でしょ普通。こんな、本当に皮を剝《む》くなんて……」

壁に手をついて立ち上がった浅羽が青ざめた顔をさらに引き攣《つ》らせた。ショックはおさまったらしいが、まだこの遺体に近づく気にはなれないらしく、時折口元を手で押さえ、遠巻きにこちらを観察している。「ビビりめ」と小さく毒づいてから、加地谷は改めて青年の遺体を観察した。

真っ先に口腔《こうこう》内を調べてみると、小さな紙片が見つかり、もはや見慣れてしまった『変身』の一文が記されていた。

「やっぱり、っていうかなんて言うか。だんだんこれを見ても何も感じなくなってきた自分が怖いっす」

加地谷の肩越しに紙片を覗き込んだ浅羽が乾いた笑みを浮かべる。

「首筋にロープのようなものの跡がある。これは絞殺だな」

被害者の着ているシャツの襟をそっとめくりながら、加地谷は言った。

「顔を剝がれたのはいつっすか？　まさか、生きてるうちに皮を剝いだなんて言わないでくださいよぉ」

「いいや、こりゃあ生きてるうちにやられてんな。出血量からして、現場はここだ」

「そんなぁ」

悲観的に嘆く浅羽をよそに、加地谷は観察を続ける。

被害者の服は汚れているが乱れはない。殺される直前まで、ここに座って話でもしていたような感じだった。両手足を結束バンドで椅子の肘《ひじ》置きと脚に固定されてはいるが、拷問を受けた様子はない。ただ、手のひらや指先をよくよく見ると、あかぎれのような細かい傷が多く、皮膚は荒れていた。

「おい、この被害者、美容系の専門学校にでも行ってたのか？」

「アパレル関係らしいっすよ。服のデザインとかそういうの。それがどうかしたんすか？」

「見てみろよ。被害者の手。毎日水仕事ばかりして荒れちまったような手だ」

浅羽はひょいとしゃがみ込み、肘置きに固定された被害者の手を注視した。

「確かに、ひどいっすね。なんかこう、強い洗剤とかで洗いすぎるとこういうふうになるって聞いたことありますけど」

「てことは、これはグレゴール・キラーの仕業とは違うってことか」

そう言って、しばし黙考した加地谷は、遺体の尻《しり》ポケットから半分はみ出した状態の財布を抜き取った。何気なく中を探っていると、目当ての物はすぐに見つかった。

「皮膚科の診察券がある。日ごろから、皮膚疾患を抱えていたんだな」

「それじゃあ、顔の皮膚ってのはもしかして……」

一拍置いた後、浅羽は自らの発言にヒントを得たように「そっか！」と手を叩《たた》く。

「これがこの被害者の『恐怖症』っすよ。俺、聞いたことあります。極度の潔癖症は自分以外の誰かに触れた後、しつこいくらいに手洗いを繰り返すって。歯磨きやうがいはもちろん、何かを恐れるみたいに、全身を清潔に保ってないと気が済まないらしいっす」

相槌《あいづち》を打ちながら、加地谷はこの青年がホームレスの腐乱死体を発見したという話を思い返していた。全身が爛れて変色した人の死体というのは、目にしただけで恐怖を誘発するにふさわしい。慣れていない子供ならなおさらで、この青年が極度の潔癖症に陥った要因として十分なトラウマと言えるかもしれない。

「で、これが恐怖に向き合って『変身』した者の末路ってわけかよ。こんなことをして、いったい何がどうなるってんだ」

吐き捨てた加地谷はしかし、次の瞬間に強烈な視線を感じ、顔を上げて周囲の暗がりに目を凝らした。テラスへと至る両開きの大きな窓、抽象的な絵画が掲げられた壁、展示用の食器を並べるキャビネット。それから、キッチンへと続くドアを見たとき、濃い霧のような闇の中から、こちらを見据える二つの眼が怪しく光った。

「——末路とはずいぶんな言い方ですね。加地谷刑事」

闇の底から、思いのほか澄んだ声音が響いてきた。戸口にもたれ、腕組みをした美間坂創が、粘りつくような眼差《まなざ》しで加地谷と浅羽を凝視している。

二人が身構えた直後、美間坂は「おおっと」ととぼけた声を上げた。

「そう焦ることはないでしょう。捜査本部の応援が来るまで、もう少し時間があります。少しくらいお話しさせてくれませんかね？」

美間坂が組んでいた腕を脇に下ろす。その手には刃渡り二十センチほどのナイフが握られていた。刀身が緩くカーブした、ミリタリー雑誌などで見かけるデザインだ。

「随分余裕があるじゃねえか。殺気立った刑事二人を前に冷静でいられるなんてよ」

「そうですか？　私の見たところ、殺気立っているのはあなただけですよ加地谷刑事。こっちのお若い刑事さんは罠《わな》にかかったウサギのようにガタガタと震えてますから」

横目に視線をやると、浅羽はぶるぶると頭《かぶり》を振って「ふ、震えてないっすよ」と訴える。だが平静を装っているその顔は明らかに引き攣っていた。

あんな凄惨《せいさん》な死体を見た後では、たとえ刑事だとしても恐怖を覚えるのは仕方がない。しかも今目の前にいるのは、人の顔の皮を平然とはぎ取るようなシリアルキラーなのだ。自分と同じ人間ではなく、それこそ一皮むいたその下に悪魔のような本性を隠している。

浅羽のような新米が足をすくませるのも当然だ。

年の離れた相棒を案じる一方で、加地谷自身も心中穏やかではなかった。五年前の記憶が――いや、悪夢の光景が鮮明に甦《よみがえ》り、ぼろぼろに擦り切れた加地谷の心を確実に蝕《むしば》んでいく。目の前にいるのはその悪夢そのものなのだ。心臓の鼓動は速まり、留《とど》まるところを知らない。全身の血液が沸騰し、穴という穴から噴き出すのではないかというイカれた妄想が沸き上がり、加地谷は苦し紛れに笑った。

「さぞ満足だろうな、ええ？　五年前は俺をわざと生かして苦痛を与え、そしてこの間は、何も気づいていない俺を心の中で散々嘲《あざけ》りやがった」

「嘲る？　いやいや、勘違いしないでください。これでも私は、刑事としてのあなたの実力を認めている。五年前はあんな目にあわされたというのに、あなたは懲りずにまた私の許に辿《たど》り着いた。称賛に値しますよ」

「ふざけんな。何様のつもりか知らねえが、さっきから聞いてりゃ随分と高いところから物を言うじゃねえか。人殺しのくせに刑事に説教でもする気か？」

怒りに任せて足を踏み出した加地谷を、浅羽が慌てて抑えた。

「ちょっとカジさん、向こうのペースに乗っちゃダメっすよ」

「うるせえこの馬鹿。てめえはすっこんでろ。コイツは俺の……」

言いかけた言葉を、しかし加地谷は飲み込んだ。仇《かたき》なんて言葉を使ったら、それこそ自分が陳腐に思えてしまいそうで怖かった。「わかってる」と小さく呟《つぶや》いて、加地谷は深く息を吸い込みながら美間坂に注意を向ける。

「……それじゃあ、一応訊《き》いておくぜ。お前が五年ぶりに犯行を再開した理由をよ」

「決まっているでしょう。間の抜けた模倣犯に怒りが湧いたからですよ」

くだらない質問に辟易《へきえき》した様子で、美間坂は鼻を鳴らした。

「すでにご存じでしょうが、一年ほど前に帰国した私は、持ち帰った研究データをもとに新たな『患者』を探し始めました。この手で『変身』させるにふさわしい患者をね。ゼミの学生たちに候補を探させ、大学には詳しい内容を伏せたままカウンセリングを重ねて見つけ出したのが津島義則です。彼の過去を詳しく調べ、慎重に計画を練りました。私にとっても久しぶりの殺人ですから、万全を期そうと思ったのです。しかし、その計画は、思いがけぬ形で狂ってしまった」

「滝山稔だな。奴が高谷恵を殺し、遺体を損壊したうえで、お前の犯行に見せかけようとしてメモを残した」

美間坂は苦々しい顔をつくり、強くうなずいた。

「それだけじゃあないんですよ。実は津島義則には少々、思いつめる傾向がありましてね。彼は駅前の居酒屋で働いていた高谷恵に憧《あこが》れを抱き、その店に通いつめたり、自宅アパートで待ち伏せしたりして、彼女を尾《つ》け回していたそうです。ええ、立派なストーカーですね。その流れで、彼女と滝山の関係を知った津島は、滝山を脅していたようです」

思わず浅羽と顔を見合わせる。津島義則の身辺を調べても、高谷恵とのつながりも、ストーカー行為を働いていた事実も出ては来なかった。だが、美間坂の話が事実なら、大学構内で滝山と津島が言い争いをしていたという目撃証言の説明がついてしまう。あの二人は共犯などではなく、高谷恵をめぐって対立していたのか。

「滝山稔は私の名を騙《かた》るばかりか、大切な研究材料を横取りしようとしました。それが許せなかった。しかも警察はつまらない工作に乗せられ、独創性の欠片《かけら》もないお粗末な殺人を私の犯行と決めつけた。この町の警察も落ちたものだと嘆きましたよ。ねえ加地谷さん。あなたという人がいながら、どうしてこんなことになるのか。五年前にあと一歩のところまで私を追いつめた優秀な刑事は何をやっているのかと、怒りすら湧きました。だから下劣で礼儀を知らない模倣犯を始末、その上で津島義則を『変身』させた！」

美間坂は声高に叫ぶと、ナイフの切っ先で加地谷を指した。

「そしたら、あなたが来てくれた」

どこかうっとりとした表情で、声の調子すらも変化させ、美間坂はにっこりと笑みを浮かべる。

「講義の最中にあなたの顔を見た時は、息が止まるかと思いましたよ。もちろん、いい意味でね。五年ぶりの再会ですから胸が躍りました。といっても、あなたは私の正体に気付きもしませんでしたが」

「あの時に気付いて捕まえてりゃあ、無駄に死ぬ奴も出なかったんだがな」

加地谷は自嘲《じちょう》気味に笑った。

「滝山を祈りの姿勢で殺したのはお前に対する『謝罪』のためか?」

美間坂は無言のまま、ゆっくりと首を縦に振った。その瞬間、端整な顔にひびを入れたような笑みが広がる。現場を直接見たわけではないが、廃屋の中でひざまずいた被害者が、この男に許しを請う光景が目に浮かぶようだった。

「コイツは、いったいどうしてこんな状態なんだ?」

食卓テーブルについたままの顔のない遺体を視線で示す。すると美間坂はまたうっとりしたような表情をして、

「お察しの通り、その青年は極度の不潔恐怖症で、異常なほどに自分の身体が汚れるのを嫌っていました。いや、恐れていたというべきですね。幼少期に、自宅そばの公園で死亡しているホームレスを発見した彼は、腐り果てて野良犬や鴉《からす》につついばまれた凄惨な遺体を目の当たりにした。それ以来、人体というものがいかに汚いものであるかと考えるようになる。皮膚の下に隠れたばい菌が死後に溢《あふ》れ出すことで死体が腐るのだと思い込んでいた。肌を傷めてまで身体を洗っても体内の汚れは落ちない。だから、私が邪魔な皮膚を取り除いであげたんですよ」

「で、結果はどうだったんだよ」

「さて、どう思いますか?」

問い返しながら、美間坂は青年の亡骸《なきがら》を視線で示す。

「俺には、恐怖を乗り越えたようには見えねえがな」

「ええ、そうなんです。彼も正しく『変身』することができなかった。グレゴール・ザムザがある朝、望まぬ姿に変身し、信頼していた家族に嫌悪され、おぞましいと眉《まゆ》を顰《ひそ》められて自らの宿命を呪ったように、彼もまた絶望に沈み死んでしまった」

「お前が殺したんだろうが。他人事《ひとごと》みたいに言うんじゃねえ」

真っすぐに美間坂を指差し、加地谷は語気を強めた。

「クソが、イラつくぜ。そもそもよぉ、お前のその文学かぶれだかなんだか知らねえが、カフカの『変身』に対する異様な執着は何なんだ？　殺害現場にメモまで残して何を主張してる？　どういう理由でそこまで固執するんだよ？」

「矢継ぎ早な質問ですね。光栄です。そこまでして私のことを知りたいと思ってくれるなんて」

さも嬉《うれ》しそうに、美間坂は肩を揺らした。

「私はね、あなたのそういうところを評価しているんです。一目置いているというのは、そういう意味なんですよ」

「さっぱりわかんねえなぁ。何が言いたいんだ？」

強く問い返し、加地谷は眉間《みけん》の皺《しわ》を深めた。それに対し、美間坂はまるで愉悦に浸るような、恍惚《こうこつ》然とした表情をしている。

「加地谷刑事、あなたはきっとこちら側だ。私のことを理解できるのも、おそらくはそういった理由があるからだ。刑事という身分でありながら、心のどこかで私のような人間と関わることを求めている。だから理解したいという欲求が生まれるんだ」

同類に会えたことがうれしくて仕方がないとでも言いたげに、美間坂は自らの胸に手を当て高らかに言い放った。

「笑わせんな。誰がてめえのような人殺しを理解なんてするか。俺にとっててめえはただの仇でしかねえ。知りたいと思うのはよぉ、俺の相棒を——」

一瞬、わずかに言いよどんだ加地谷が、浅羽をちらと一瞥《いちべつ》する。それからすぐに視線を前に戻し、

「いや、元相棒がどんなクソ野郎に殺されたのかを、一生忘れないためだ。俺自身の戒めのためにな。万が一にも、オトモダチになるためなんかじゃあねえんだよ」

バッサリと切り捨てるような、明確な拒絶の意を示す加地谷の言葉に、美間坂は怪訝《けげん》な表情を見せ、言葉を詰まらせるようにして押し黙った。時間にしてわずか数秒。しかし、その何倍も長く感じられる沈黙が、三人の間に降りる。指の一本すら動かすことを躊躇《ためら》うような緊張感に苛《さいな》まれ、加地谷は無意識に生唾《なまつば》を飲み下した。

「そうですか。強情っぱりなところもあなたの良いところですから、そこは尊重しましょう。理由は何であれ、自分のことを知ってもらえるのは素直に嬉しいですしね」

そう前置きして、美間坂は語り出す。自らの生い立ちと、胸の内で渦を巻く黒い欲望の正体を。

「私の祖父は熱心な読書家でしてね。私もいろいろな本を読ませてもらいました。何千冊とあった蔵書の中で、祖父が特に気に入っていたのがカフカの『変身』です。あまり見たことのない、古びた装丁の古書で、出版社の名前も記されていない、ちょっと不思議な本だったんですよ。祖父はその本に特別な思い入れがあり、私がどんなにねだっても譲ってもらえませんでした。彼が命を落とすまでは」

美間坂はそこでふと、思い立ったように頭《かぶり》を振る。

「勘違いしないでくださいね。私は何もしていませんよ。祖父母は病気で命を落としたんです。もちろん私は悲しかった。母が遺産を受けついだ途端に祖父の家は売りに出され、所蔵していた本も全て売り払われてしまいましたからね。母にとっては生まれ育った家だというのに、何のためらいもなく売ってしまったところを見る限り、母はあの家が好きじゃなかったんでしょうね。幸いにも、祖父のコレクションから例の『変身』の古書は持ち出せましたから、私は毎日それればかり読んでいました。

加地谷刑事は『変身』がどういうストーリーかご存じですよね？　私は、あの鬱屈《うっくつ》とした救いのない悲惨な物語が自分の人生とそっくりだと感じていました。もちろん、私は毒虫になんかなっていませんでしたけど、母からは虫けらのように扱われていました。私は母の恋人にも何度も殴られました。そのたびに母は私をこっぴどく罵《ののし》るんです。お前は何故生きているのか。邪魔だからどこかへ消えてくれないかとね。そうです。グレゴールが家族に疎まれるのと同じように、私も母や母の恋人に疎まれていました。本来あるべき姿を忘れ、醜い毒虫へと変化してしまった自分を呪い、しかし正しい姿に変身する術《すべ》を知らない。それは母も同じだったように思います。いつも半年と持たずに恋人に捨てられ、ボロボロになっては新たな相手に縋《すが》りつく。母は子供の私から見ても愚かで浅はかな女でした。そうです。母もまた、本来の姿を失い、望まぬ醜い毒虫に変身してしまった一人だったのです。だから他人に蔑《さげす》まれ、疎まれ、邪険にされてしまう。仕方ありません。だって醜い毒虫なんですから」

熱に浮かされたような口調で一息にまくしたてる。喋《しゃべ》り続ける間、美間坂は一度も瞬《まばた》きをしなかった。空想に取りつかれている人間特有の、強烈な執着心。その一端が垣間《かいま》見えた気がした。

「母はひどく恐れていました。それこそ病的なほどに一人になることを嫌い、常に誰かがそばにいないと不安でたまらない。その不安を取り除くためにクスリに手を出しましたが、結局、症状が緩和することはなかった。彼女は自らが陥らんとしている孤独に恐怖し、耐え切れなくなって死にました」

「だからお前は恐怖症を抱える人間を『変身』させるのか？　そうすることが誰かの救いになるとでも？」

問いかける加地谷をびしっと指差し、美間坂は何度もうなずいた。

「そうです。その通りですよ加地谷刑事。人が抱く最も原始的な感情が恐怖です。個人が抱える恐怖にフォーカスするということは、本質を覗《のぞ》き込むことでもある。そして本質とは、その人が持ちうる理想像だ。本来の自分はこうあるべきだという完璧《かんぺき》な姿に変身するためには、人は恐怖を乗り越えなくてはならないんです」

「白川葵も、同じ理由で『変身』させたのか？」

その質問に、美間坂は少々驚いたように目を剝《む》いた。

「彼女のことまで調べがついているとは、意外ですね。ですが少し違います。彼女は特別だ」

「特別だとぉ？　おいおい、准教授が学生に熱を上げるなんて、みっともねえんじゃあねえか？　単位の見返りに付き合ってくれとでもいうつもりかよ」

「カジさん、それはドラマか何かの見過ぎじゃあ……」

浅羽が言い終えるより早く、その側頭部をひっぱたき、加地谷は咳払《せきばら》いをする。

「何にせよ、てめえのイカレた動機はもうたくさんだ。何か凄《すご》いことをしているつもりかもしれねえが、俺に言わせればただの殺人でしかねえ」

「そんな言い方はないでしょう。確かに五年前の私は未熟でした。あの四人を殺す前に、もっとしっかりと恐怖を与えるべきでした。死後に遺体を飾り付けることで、あの四人を殺す前に、私は自分のやり方の甘さを誤魔化そうとしたんです。そのことに気付いたからこそ、私は一度冷却期間を設けることにしました。蒲生教授にそれとなく情報を与え、あなたと垣内刑事を呼び出し、わざと逃げるふりまでしてね」

加地谷は目を見開いて固まった。

「あれはわざとだったってのか？　俺たちをおびき出すために……？」

　何故そんなことをする必要があったのか。そんな疑問で頭の中が一色に染め上げられた。美間坂はそんな加地谷の心中を見透かすように邪悪な笑みを浮かべた。

「蒲生教授は優秀な方ですが、身内を疑うことを知らなかった。だが、あなた方は別だ。いずれ私に辿《たど》り着くだろうと思ったからこそ、時間稼ぎを兼ねて、垣内さんに犠牲になってもらいました」

　何でもないことのように告げる美間坂の口調が、加地谷の神経を強く逆なでした。その一方で、怒りに任せて暴れまわる気力は、半ば失われてしまっていた。五年前の自分たちの行動が全て奴に筒抜けだったという驚きよりも、あの夜の行動すらも奴に操られていたという屈辱の方が勝った。胃の中にいくつも石を詰め込まれたような不快さに、加地谷は眩暈《めまい》すら覚えた。

　だめだ。今はそんなことを考えるなと自分に言い聞かせながらも、加地谷は自らの動揺を隠すことができなかった。

「驚きましたか、なんて聞く必要はありませんね。言葉もないといった表情が前面に押し出されていますよ」

　満足げに言うと、美間坂はナイフを握る手を緩く振りながら歩き出した。即座に身構える二人をからかうような顔でテーブルの反対側へと回り込んだ。

「では今度は、私の方からお聞きしても？」

「……言ってみろ」

わずかに躊躇った後で、加地谷はうなずいた。美間坂は嬉《うれ》しそうに口の端を持ち上げ、
では、と両手をテーブルにつく。

「どうして私が白川葵を標的にしたことに気付いたんです？　彼女は一人暮らしで、友人づきあいも多い方ではない。数日行方をくらましたところで、気づかれはしないはずだったのですが。ひょっとして『サンパギータ』のマスターですか？」

「いいや、違う。彼女のことを俺たちに知らせたのは、一人の霊能者だ」

「……はい？」

美間坂は片方の眉《まゆ》を吊《つ》り上げ、わざとらしく耳に手を添えた。素直な驚き――というよりは如何《いかが》わしいものでも見るような目つきである。加地谷はどこかしてやったりという心境で、浅羽と目配《めくば》せをした。

「聞こえなかったか？　霊能者だって言ったんだよ。なんでも一昨日《おととい》の夜、そいつの所に白川葵が現れて、お前に監禁され、殺されたと訴えたんだそうだ」

「何をバカな。一昨日の夜、彼女は……」

「ここにいたんだろ？　んなことたぁわかってる。だからそいつが見たのは、白川葵本人じゃあねえ。言ってみればそう、幽霊ってやつさ」

美間坂はしばし、呆然《ぼうぜん》とした様子で言葉を失っていた。耳鳴りがするほどの静寂の中で、玄関ホールの柱時計がチクタク時を刻む音だけが響く。

「ちなみにいうとな、その若造は津島義則の遺体を最初に発見した男だ。その際にも奴は津島の霊と遭遇して、『変身』の一説を呟《つぶや》くのを聞いたそうだ。とにかくそういう理由で、白川葵がそいつに非公式のカウンセリングの件を伝え、俺たちはそのヒントによってお前に辿り着いた。期待外れな結果で悪いが、それが事実だ」

加地谷の言葉に、美間坂は軽く天井を仰ぎ、何事か小さく呟きながらナイフを持った手で額を押さえた。

「そういうことも、あるんですかねえ。すぐに納得する気にはなれませんが」

「当たり前だ。俺だってまだ半信半疑だよ。だが今はそんなことどうでもいい。目の前にいるてめえがグレゴール・キラーなのは、動かしようのない事実なんだからな」

加地谷がそう告げたタイミングで、ガラスの割れるような音がどこからともなく響いた。直感的に感じたのは、まだほかにも捕まっている人間がいるのではないかという疑惑だった。浅羽に目配せをして動き出そうと身構えた瞬間、美間坂が不敵に笑った。ナイフを持つのとは別の手がさっと動き、壁のスイッチに触れた途端、眩《まばゆ》い閃光《せんこう》が食堂を照らす。突き刺すような光に目を焼かれ、思わず後ずさった加地谷は、ひゅっと鋭いものが風を切る音を聞いた。

「うわあっ！　くそ！　カジさん！」

浅羽の悲鳴。次いで、誰かが笑った。

誰か？　美間坂に決まっている。一瞬の隙をついて不意打ちを仕掛けてきたのだ。

どさ、と何かが倒れる音。まだちらつく視界の中、再びひゅっと音がして、目の前に突き出されたナイフの切っ先を、加地谷はすんでのところで払いのけた。

「ぐぅっ!」

安心する間もなく腹部に重い一撃を受け、身体が後方へ吹っ飛んだ。椅子に座ったままの青年の遺体ともつれ合うようにして倒れ込む。すぐさま起き上がろうとした加地谷はしかし、こめかみの辺りを強く打ち据えられて床を舐《な》めた。

食堂内は強烈なライトを浴びせられたようにまばゆい光に照らされていた。煌々《こうこう》と輝くシャンデリアが椅子に座る死体を、カーペットを染める大量の血液を、そして肩の辺りを切り裂かれ、痛みに呻《うめ》く浅羽の姿を鮮明に浮かび上がらせる。

そして、浅羽の血を吸ったナイフを軽やかに弄《もてあそ》びながらこちらを見下ろす美間坂が、血に飢えた猟奇的な素顔を晒《さら》していた。

「どこかで見た光景ですが、あえて訊《き》きます。加地谷刑事。あなたは自分の命とその相棒の命、どちらが大切ですか?」

「てめえ……!」

瞬間的に、あの日の記憶が脳裏を駆け巡る。ぎり、と奥歯を噛《か》みしめながら、邪悪な笑みを浮かべる美間坂を睨《にら》みつけた。だが、状況は明らかにこちらが不利だ。せめて拳《けん》銃《じゅう》の携帯許可を取って来るべきだったと、加地谷は内心で舌を打った。

「あぁ、訊くまでもないですね。五年前、垣内刑事に火をつけた時に目にしたあなたの顔、今もはっきりと覚えていますよ。いや、まじめな話、私はこれまでの人生で、あの時ほど快感を覚えた経験はありませんでした。絶望にまみれたあなたの顔を見て、なんというかこう、たまらなくなってしまって……」

屈《かが》みこんだ美間坂は、ナイフを加地谷の鼻先へと近づけながら、熱い吐息を漏らした。粘りつくような視線を至近距離で浴びせられ、加地谷は全身を貫くような怖気《おぞけ》を感じた。

「もともと骨のある刑事だと思っていただけに、ますますあなたに興味が湧きましたよ。あの後、あなたについて色々調べたんです。交番勤務時代、すすきのでチンピラの乱闘騒ぎに急行し、屈強な男たちを次から次へとなぎ倒した大立ち回りや、駅前で刃物を振り回した薬物常習者を華麗に投げ飛ばした話なんかをね。そして、ひったくりの被害に遭った奥さんと二年の交際を経て結婚し、翌年にかわいい一人息子を授かったことも。あなたのことなら、何でも知っています」

「てめえ、なんだって俺を……」

加地谷は絞り出すように言った。

この男が何故ここまで自分に固執するのか。その理由がまるで見えてこない。恨みを買った覚えもなければ、何かしらの接点を持っていたわけでもないはずだ。それなのに、こいつはどうして……。

加地谷がそう自問した時、

――あなたはきっとこちら側だ。

つい先ほど、美間坂に向けられた言葉が脳裏をよぎる。そういうことか、と。生唾《なまつば》を飲み下した。

この男は、殺人犯である自らと刑事である加地谷との間に一方的な空想を抱き、身勝手なシンパシーを感じている。自分たちは互いに同類で、コインの表と裏のように対極的な立場でありながら、本質は同じなのだと思い込んでいるのだ。

そして、善の立ち位置にいる加地谷を自分の側に引きずり込もうとしている。五年前、加地谷の目の前で垣内を無残にも殺害した意図はきっと、そこにあった。

「最初から、そのつもりだったのか……。俺を陥れるために……目の前で垣内を……」

呻くような声は、ほとんど質問の体を成してはいなかった。至近距離で見つめ合った連続殺人鬼の燃えるような眼が——そこに宿る悪意の光が、加地谷の抱えた疑惑を真実として証明してもいた。

「やっと気づいてくれましたか。私の本当の気持ちに」

くくく、と忍び笑いを漏らす美間坂の顔が、ぐにゃりと歪《ゆが》む。年齢にふさわしくないほど深い皺《しわ》を刻み、目を三日月の形にして、口の端を耳まで引き裂いた異形の笑みが、絶望の淵《ふち》に立たされた加地谷をいたぶる。

「でもまだ足りない。私はね、もっともっとあなたを苦しめたい。屈辱と汚名にまみれ、無様に地べたを這《は》いつくばる醜い姿をさらし、私を喜ばせてほしいんです。そしていつの日か、あなたも私と同じように、抑えの利かない衝動によって人を殺す。そんな未来を、今か今かと待ち望んでいるのですよ」

表情とは裏腹に、慈しむような穏やかな声を発して、美間坂はナイフの切っ先を加地谷の頬に押し付けた。刃《やいば》に残る浅羽の血がぬるりとした感触をもたらす。

美間坂が少しでも力を加えれば、その刃は加地谷の顔を引き裂くだろう。痛みにあえぐ加地谷を嬉々《きき》として見つめながら、しかし美間坂は加地谷を殺しはせず、浅羽の命を奪おうとするはずだ。五年前と同じように、これ以上ないほどの残酷さで加地谷の精神を破壊するために。

「そんなことのために、てめえは垣内を……」

「そんなこととは心外ですね。私にとっては、一人の刑事の命よりもよっぽど重いものなんです。これは私だけではなく、あなたのアイデンティティにも関わる問題ですから」

「ふざけんじゃあねえぞ……このくそったれ野郎がぁ！」

ここで奴を止められなければ、また新たな苦痛が始まる。垣内だけではなく、浅羽までもが奴の餌食《えじき》になる……。

そのことを理解すると同時に、加地谷は叫んでいた。訳も分からず、言葉にならぬ声で、慟哭《どうこく》めいた叫びに乗せて感情の塊を吐き出した。

打開策の浮かばぬ絶望的な状況で、唯一の抵抗とばかりに、加地谷は意味不明の声を張り上げる。美間坂にはそれが負け犬の遠吠《とおぼ》えに映るのだろう。自分と同類の、しかし決して相容《あいい》れぬ刑事が絶望の果てに見せる滑稽《こっけい》な姿が、愉快でたまらないとでも言いたげに、美間坂が気味の悪い笑みをさらに深めたその時、屋敷のどこかから大きな物音がした。何か重いものを倒した時のような、明確な物音だった。

美間坂は不意に表情を固め、動きを止めて耳を澄ましている。

「――どうやら、他にもお客さんがいらっしゃるようですねえ」

興《そ》を削がれたとばかりに立ち上がり、美間坂はゆっくりとした動作で右足を持ち上げた。それから、ぞっとするほど冷酷な視線で加地谷を射すくめる。

「美間坂ぁ！　てめえぇ！」

再び怒号を放ち、身を起こそうとした加地谷は、しかし横っ面に激しい衝撃を受け、そのまま意識を失った。

3

時間が停止したような冷たい闇の中で、その屋敷は静かに佇《たたず》んでいる。まるでこの屋敷だけが世界から取り残され、光の差す時間から切り離されてしまったかのようだった。遠くで何かの生き物がホウホウと鳴いているのを聞きながら、僕は雑草だらけの石畳の上を慎重に進んでいた。

「ううぅ、こわ。マジで幽霊とか出そうな雰囲気だねぇ」

隣を歩く依子が、わざとらしく肩を震わせながら言った。ちら、とそちらを一瞥《いちべつ》し、その不謹慎な言動に冷たい視線を向ける。

「その冗談で僕が本当に笑うと思ってる？」

「何よ。ちょっとふざけただけじゃんか。これから殺人鬼の屋敷に潜入するなら、これくらいのことでごちゃごちゃ言わないで、どっしり構えてなきゃだめよ」

よくわからない理屈の押し付けである。真面目に返すのも面倒なので適当に相槌を打ち、正面に視線を戻した。

「ついてきてくれたのは嬉しいけど、もっと緊張感を持ってよ」

「失礼ね。言われなくたってあたしは真剣にやってるわよ。あんた一人じゃ、ここまで来ることだって出来やしなかったでしょうが」

今度は何か言い返そうとしたのだが、図星を指されてしまっては返す言葉も見つからず、再び無言で前を向く。確かに依子の言う通り、僕一人ではとっくに諦《あきら》めていただろう。

加地谷に一喝され、会議室に置き去りにされた僕は、とぼとぼと荏原署を後にした。己の無力さに打ちひしがれながら帰路に就こうとした僕は、しかし署の前で待ち構えていた依子に「何やってるのよ。さっさとタクシー捕まえて、あいつらの車を尾行するのよ」と半ば強引に命令され、慌ててタクシーに乗り込んだのだった。

「それにしてもあの運転手のおっちゃん、面白い人だったたね。警察の車両を尾行してくれなんて頼んでも、普通は断られるに決まってるのにさ、『あんちゃん、わけありだな？』なんて言って、見事にここまで連れてきてくれたもんね」

「途中で手持ちが足りないって言ったのに、メーター止めてまで尾行を続けてくれたのには驚いたよ」

「そうそう、おまけに降りる時なんて、その懐中電灯までくれてさ。詳しい事情なんて話してないのに『あんちゃん、頑張れよ』だもんね。見た目はさえない中年太りのおっちゃんなのに、ちょっと惚《ほ》れそうになっちゃったよ」

けらけらと笑いながら、依子は僕が手にしている懐中電灯を指差した。試しに点灯させてみると、LEDの強い光が屋敷の窓を煌々《こうこう》と照らす。あまりの明るさに驚いてスイッチを切った僕は、わずかに身をかがめて気配を探った。

「そんなにびくびくしなくても大丈夫でしょ。今頃、あの刑事たちが犯人確保してるかもしれないじゃない」

「だったら、とっくに出てきてもいいはずだろ。応援だって全然来ないし、もしかしたら二人とも……」

言いかけて、僕は口をつぐんだ。

「二人とも、殺されちゃったとか？」

「縁起でもないこと言うなよ……」

「あんただって思ってることでしょ。それに、そんなに怖いんだったら、どうして来たのよ？　熊みたいな刑事に連れていってほしいって直談判したのはあんたなのに」

「それは……」

そう言ったきり押し黙った僕を、依子はひどくもどかしそうに見つめていた。本当は、僕が言いたいことなんて彼女にはお見通し。だから今回も、彼女には僕の気持ちは筒抜けだった。

「あんたなりの決着、つけなきゃね。あの子は戻ってこない。もしかしたら、二目と見られない姿にされてしまっているかもしれない。それはわかってるんでしょ」

ぎこちなく頷《うなず》いて、僕は下唇を噛《か》みしめた。

僕の脳裏に、津島義則の遺体の様子がフラッシュバックする。おびただしい量の血だまりの中に座り込んでいた彼の、絶望に沈む虚《うつ》ろな眼が、今もまぶたに焼き付いて離れなかった。葵もまたグレゴール・キラーによって、彼と同じか、それ以上に凄惨《せいさん》な遺体に『変身』させられているのだろうか。

「あんたはきっと、見たくないものを見る羽目になる。正直言ってあたしはこんなことやめてほしいよ。全部忘れて、何も知らないことにして、これまで通りの人生を歩んでほしい。確かにあんたの生き方は後ろ向きすぎるかもしれないけど、生きていられるならそれでいいんだよ。そうでしょ。死んじゃったら、何にもならないからね」

使い古された文句でも、依子が言うと説得力があった。若くして失われた彼女の命の分まで僕は生きなきゃならない。それは分かっている。けど、それでも僕は止まるわけにはいかなかった。たとえ葵の変わり果てた姿を目にするとしても、それが原因で、一生立ち直れないような傷をまた抱えることになるとしても。

「白川さんが僕に助けを求めてきてくれたのは事実だから、僕は行かないと。彼女をグレゴール・キラーの許《もと》から救い出すんだ」

それがたとえ、冷たい亡骸《なきがら》だったとしても。

「今のうちに言っておくけど、依子がついてきてくれてすごく心強いよ。一人だったら、とても勇気が湧かなかったと思う」

「ふんだ。何かあっても、もうあんたのこと助けるなんて出来ないんだからね。自分の身は自分で守ってよ」

「うん、わかってる」

そう返して、僕は再び屋敷に視線をやった。正面玄関の扉はわずかに開いており、その隙間はまるで闇が口を開けて僕を待ち構えているような錯覚を抱かせる。刑事たちはきっと、ここから中に入ったんだろう。後を追って鉢合わせするのは避けたいし、犯人に遭遇するのもごめんだ。となると、他の選択肢を探さなければならなかった。

伸び放題の雑草をかき分けながら庭に入り、建物をぐるりと迂回《うかい》する形で後方へと回る。裏手には数段の階段を上った先に勝手口があり、階段脇にはやや傾斜のついた坂があった。そこを下りてみると、建物の地下部分へと通じる扉が見えた。扉の周りに窓はあるけれど、磨《す》りガラスになっていて中の様子はうかがえない。ノブを握って回してみても、都合よく開くようなことはなかった。

依子が呼び止めた。


「駄目か……」

別の入口を探すしかないだろうかと踵《きびす》を返した僕を、依子が呼び止めた。

「ガラス、割っちゃえば？」

「な、何言ってんだよ。そんなことしたら……」

ダメに決まってる。そう言いかけて、僕はハッとした。

確かにモラル的にはいけない行為だが、ここにいるのは連続殺人鬼グレゴール・キラーだ。これまで何人もの犠牲者を出し、葵までをも手にかけた卑劣な犯人の屋敷に不法侵入するのなら、窓ガラスの一枚くらいどうということはないじゃないか。

この際、常識やモラルはかなぐり捨て、目的を果たすことを優先するべきだ。そう自らに言い聞かせ、依子にうなずきを返した。辺りを見回し、手ごろな石を掴《つか》み上げると、ドアノブに近い部分のガラスめがけて投げつける。ぱりん、と思いのほか大きな音を立ててガラスは割れ、放り込まれた石が中に転がった。破片にひっかけないよう気を付けて腕を差し込み、ドアの裏側をまさぐってシリンダー錠を外す。

「案外あっさり侵入できちゃうんだ。こんな立派な家に住むなら、もっと防犯意識を高くしないと駄目ね」

呆気《あっけ》なくドアが開いたのを見て、依子は感心したように喉《のど》を鳴らした。これから悪魔の根城に踏み入ろうというのに、緊張感がまるで感じられない物言いに苦笑しながら、中に入って後ろ手にドアを閉める。そこはがらんとした物置のような部屋で、広い室内には古びた家具やビリヤード台、タンスやアンティーク調の鏡台などが雑然と置かれていた。不用になったものを片っ端から放り込んでいる。そんな感じだ。

「ねえ、こっち」

依子に手招きされてそばに行くと、部屋の奥には上階へと続く階段があった。顔を見合わせ、視線で頷き合った僕らはそこを上っていく。腐った踏板の頼りない感触にはらはらしながら階段を上り終えると、二階の廊下に出た。廊下の壁や天井に設置された照明が最低限の光を灯《とも》している。絨毯《じゅうたん》の敷かれた薄暗い廊下を道なりに進んでいくと、やがて左右に通路が分かれた。右方向には玄関ホールがあり、左方向には向かい合った二つの扉が見て取れる。

「あっちから声がするね。犯人かな?」

依子に言われて耳を澄ますと、確かに玄関ホールの方向からくぐもった話し声がした。加地谷と浅羽が、犯人と対峙《たいじ》しているのかもしれない。鉢合わせするのはまずいと考え、僕は突き当りを左に折れて向かい合った扉の前に立つ。一つは片開きの白いドア。そしてもう一つは、両開きの黒いドアだった。

特に何も考えず白い方に手を伸ばすが、鍵《かぎ》がかかっていて開かない。仕方なくもう一方の黒い方に手を伸ばすと、そちらは思いのほかあっさりと開いた。

ふわりと、生ぬるい空気が室内から漂い、同時に人の汗と嘔吐《おうと》物が混ざったような臭いが漂ってきた。

「ねえ孝一、あれ……」

言うが早いか、依子はわずかに開いたドアの隙間にその身を滑り込ませた。わずかに躊躇《ため》った後、僕は自身の腕で口元を覆い、依子を追って中に入る。ドアの前に立ち、懐中電灯の光で室内を照らしてみると、部屋は十二畳ほどの広さがあり、四方の壁に窓はなかった。その代わりに天井が高く、手が届かないような位置に明かり取り用の窓があった。そこから差し込んだ月光が室内をおぼろげに照らしている。

部屋の中ほどに行くと、黒く、毛足の長いカーペットに埋もれるようにして人影が横たわっていた。

「葵ちゃん、だよね？」

依子に言われて初めて、それが葵であることに気がついた。目を細めたくなるような光を顔に当てられても反応一つ示さないところを見る限り、ただ眠っているようには見えない。

「白川さん……」

駆け寄ろうとした僕はしかし、足元におかしな感触を覚えた。黒いカーペットの上に置かれた自分の足を、そっと戻す。これはただのカーペットじゃない。葵を中心にぐるりと周りを囲うように配された黒い塊だった。しゃがみ込み、ライトで照らしてよく観察して初めて、僕はそれが大量の髪の毛であることに気付く。

「嘘だろ。これ全部……」

本物の毛なのか、それともウィッグなのかの判断は僕にはつかない。だが、こんなに大量の長い髪の毛が一か所に集められ、献花のように葵を取り囲んでいるこの状況に、とてつもないおぞましさを感じた。

「これが白川さんの『恐怖症』……」

思わず呟《つぶや》きながら立ち上がり、半ば無意識に一歩足を引いた。犯人が彼女を『変身』させるためにこれを用意したのだとしたら、そいつは相当イカれている。そのことを改めて思い知らされた気がした。

ライトを頼りに葵の様子を窺《うかが》うと、青白い顔は生気を失い、瞼はかたく閉ざされていた。白いブラウスに血の跡などは見受けられず、傷つけられた形跡はない。ただ静かに、眠るようにそこに横たわっているだけだった。

「白川、さん……」

彼女の顔をじっと見つめながら、僕は膝《ひざ》をつき、両手を握り締めて床に突っ伏した。ううう、と獣の唸《うな》りのような声が喉の奥を震わせる。

わかっていたことだった。今さら彼女を見つけたところで、こんなふうに、苦しい気持ちになるだけだと。

あの日、僕の部屋に来た時点で彼女はすでに死んでいた。魂がこの肉体を離れ、霊になったからこそ、最後に僕に会いに来てくれたのだから。

「今度は、僕が会いに来たよ。白川さん……」

今頃になって思う。ここへきて、僕はどうするつもりだったのか。何がしたかったのか。彼女の亡骸にすがって泣きたかったのだろうか。それとも、こんな行いをした犯人に復讐《ふくしゅう》でもしたかったのだろうか。いや、どれも違う。僕はただ、彼女をこんな恐ろしい場所から連れ出してあげたかった。暖かくて優しい、光の差す場所へと連れ戻してあげたかったんだ。

とめどなくこぼれる涙のしずくが葵の頰に落ち、音もなく流れていく。

「一緒に……帰ろう……」

自ら発した言葉をきっかけにして、僕の感情は噴出した。喉の奥から、声にならない叫びが濁流のように押し寄せ、床に突っ伏して悲痛な唸り声を上げる。突きつけられた現実に耐えかね、僕の心は音を立てて崩れ始めていた。この屋敷にやって来た覚悟も、犯人に対する怒りも一緒くたにして、振り上げたこぶしを床に叩《たた》きつけた。

その直後、自分が発するのとは違う、小さなうめき声が耳朶《じだ》を打つ。

「——戸倉、くん……？」

名を呼ばれ、僕は飛び上がった。

「白川さん……？」

まさかと思いながらも呼びかけると、酷《ひど》くかすれた声で、しかし確かに応じる声があった。大量の髪の毛をものともせずに四つん這《ば》いの状態で彼女のそばに寄り、その顔を覗《のぞ》き込む。さっきまで死人とばかり思っていた葵の顔に、ほのかに生気が感じられた。

呼吸は弱々しいが、僕を見上げるその目には、確かな命の輝きが宿っている。

「無事、だった……でも、なんで……？」

僕の問いかけに答える余裕がないのか、あるいはその意味が分からないのか、葵は困ったように眉を寄せながら身体を起こそうとする。僕は手を貸し、彼女が周囲の髪の毛に触れないよう、慎重に抱きかかえて移動させた。

「戸倉くん……どうして……？」

葵は苦しそうに肩を上下させながら問いかけてきた。視線は虚ろで唇はかさつき、頬がこけている。かなり衰弱している様子だが、目立った怪我は負っていない。そのことに安堵《あんど》する一方で、僕はふと、あることに気付く。

「白川さん、まさか覚えてないの？」

「何を……？」

「その、僕の部屋に来たこととか」

葵は再び眉を寄せ、小さく頭《かぶり》を振った。

「それじゃあ僕の従姉妹《いとこ》――依子のことは？」

僕は視線で依子のいる方を示す。葵もそちらを見るけれど、その瞳《ひとみ》が依子の姿を捉《とら》えた様子はなかった。

「そうか。この子死んだんじゃなくて、ひどく衰弱して仮死状態になったんだよ。それであんたの所に魂が飛んできたけど、完全に死んじゃう前に息を吹き返したんだ。あの時消えちゃったのは、肉体に戻ったからだったんだ」

依子の発言に、僕はうなずいた。彼女の推測はおそらく当たっている。

「孝一、まだ間に合うよ。彼女をここから連れ出そう」

「うん……うん、そうだね。早く外に出よう。白川さん、立てる？」

「まだ眩暈《めまい》が……」

葵は額を押さえ、弱々しく言った。

「手を貸すよ。さあ、早く外に出よう」

彼女の手を取り、僕の首に回してから、身体を支えるようにして立ち上がらせる。そのまま慎重に歩みを進め、部屋から出ようとしたところで、葵がバランスを崩した。慌てて支えた拍子に懐中電灯が床に落ち、ころころと部屋の奥へ転がっていく。拾いに行くのを諦《あきら》め、そのまま廊下に出て地下への階段に向かおうとした僕は、しかしそこで思いとどまった。葵を連れてあの急な階段を下りるのは危険かもしれない。無理をして怪我でもしたら、それこそ逃げられなくなる。

やむを得ず、玄関ホールへと足を進めた。裏口から出るよりも、正面から出た方が敷地の外に出るには都合がいい。永遠に続くかのような長い廊下を進み、ようやく玄関ホールに差し掛かる。首を伸ばしてホールの様子を窺うと、遠くでなにやら叫ぶような声がした。次いで、何かがぶつかり合うような激しい気配があり、僕はその場で身をすくめた。じっと耳を澄ましていると、地を這うような怒りに満ちた声がひときわ大きく響いてきた。

「なにやってんの孝一、早く、今のうちに外に出よう」

依子に促され、僕はハッとしてうなずく。葵の苦しそうな息遣いがして視線をやると、彼女は青白い顔にびっしりと汗を浮かべていた。無理に移動させては危険かもしれない。だが、このままここにいるわけにもいかず、僕は半ば強引に彼女の身体を引きずるようにして、ホールに足を踏み入れる。

その直後だった。

「──やあ、はじめまして。私は美間坂創。君が噂の霊能者かな？」

ぞくり、と背筋が凍り付くような声がして、僕たちは立ち止まった。かつ、かつ、と軽やかな靴音を響かせ、声の主が食堂の方から迫ってくる。すぐに逃げ出すべきだと全神経が僕をせっついたが、恐怖にすくみ上がった身体はそれこそ、指の一本すらも動かすことが出来なかった。ホールを横切ってやって来た男は、スーツの上着を脱ぎ、シャツの袖《そで》をまくっていた。その胸元には返り血のように赤いシミが広がっている。

「加地谷刑事たちを追ってここまで来たのかい？　彼女を救うために？」

間違いない。この男が連続殺人鬼グレゴール・キラーだ。内心で確信しながらも、僕は相手の問いに答える余裕をすっかり失っていた。何もしていないのに視界がちらつき、呼吸が乱れ、喉《のど》が渇く。くらくらと陶酔めいた感覚で眩暈を覚える一方で、密着した葵の体温と苦しげな息遣いだけが妙にリアルで、これが現実であることを強く主張していた。

「どうしたんだ。おしゃべりは嫌いかい？　私とは話をしたくないか？」

一歩、また一歩と距離を詰めてくる美間坂の手には、大きなナイフが握られていた。緩やかにカーブする刀身には鮮血がこびりつき、時折床に赤い雫を落としている。その血が誰のものであるかは、知りたくもない。

仕立ての良さそうなスーツを着こなした美間坂は、顔立ちの整った、すらりとした体《たい》軀《く》をしていた。几帳面《きちょうめん》にセットされた髪型、清潔感のある佇まい、そして余裕を感じさせる表情。どれをとっても落ち着いた大人の男性という表現がふさわしい。この人が殺人鬼ですと言われて信じる人間が、果たしてどれくらいいるだろうか。

そんな詮《せん》のないことを考えていた僕は、そこでふと気づく。強く握った葵の手が、身体が、ガタガタと小刻みに震えていることに。彼女もまた美間坂に対し、強い恐怖を抱いている。その反応こそが目の前にいるこの男が、紛れもなくグレゴール・キラーであることを証明していた。

「彼女を、どうするつもりなんだい？　僕の大切な……を……」

――今、なんて言った？

語尾が聞き取れず、思わず聞き返しそうになった瞬間、僕は顔面に強い衝撃を受けて後方に吹っ飛んだ。支えを失った葵は弱々しく壁にもたれ、ズルズルと座り込む。

顔の半分を吹き飛ばされたのではないかと思うほどの激痛に「うう」とか「ああ」と

か訳の分からない呻《うめ》き声を発しながら、僕は必死に身体を起こした。男はナイフを握った手を前方に掲げたまま、信じられないほど冷徹な眼差《まなざ》しで僕を見下ろしている。

「ちょっとあんた、孝一になにすんのよ！　ねえったら！」

僕と美間坂の間に立ちはだかり、依子が叫ぶ。けれどその声は僕以外に届きはしない。もどかしそうに地団太を踏み、こちらを振り返った依子が「孝一、早く逃げなよ！」と更に声を荒らげた。

その声に力をもらうようにして、僕は葵の身体を支えて立ち上がると、踵《きびす》を返してホールの階段を駆け上がった。美間坂はあえて手を出そうとせず、必死に逃げ惑う僕を嘲《あざけ》るように眺めていた。何をしても無駄だとでも言いたげに、薄ら笑いを口元に浮かべている。

階段の中ほどまで来たあたりで、上に上がってどうするのかという疑問が頭をかすめたが、今は考えている余裕などなかった。いざとなれば二階くらいの高さなら飛び降りたって構わないと思い直し、夢中で階段を上りきる。

二階に上がると、左右に廊下が分かれていて、半ば無意識に右の通路へと足が向いた。左手にテラスがあり、右手には等間隔に三つの部屋が並んでいて、その奥には、さらに上へと続く階段が見えた。通りがかりに三つの部屋のドアを開けようとしたけれど、どれも施錠されていて開かない。背後を振り返ると、美間坂が階段を上りきるところだった。まっすぐにこちらへ向かってくるその姿に再び恐怖を感じながら、僕は一心不乱に奥の階段を目指した。地下室ほどではないが、やや傾斜のきつい階段を葵と二人で上り、たどり着いたのは屋根裏部屋だった。木製の古びたドアを開け、中に入って鍵《かぎ》をかける。これで少しは時間稼ぎができると安堵したのも束の間、向こう側からドアを激しく叩《たた》かれ、僕たちは慌てて後ずさった。

屋根裏部屋に明かりはなく、その窓ガラスから差し込む月明かりだけが、唯一の光源だった。うすぼんやりと浮かび上がる部屋のシルエットに目を凝らすと、家具や調度品の類《たぐい》はほとんど見受けられない。二十畳はあろうかという部屋の奥には、三つ並んだ窓ガラスがあり、中央のガラスは大きなステンドグラスだった。白いローブを被《かぶ》り、その手に赤子を抱いた聖母のような女性が描かれている。窓に向かって右手に位置する壁際には、古びたアンティーク調の鏡台が置かれ、何やら古びた本が一冊と、それを囲むようにいくつかの化粧品。そして鏡には大きく引き伸ばした髪の長い成人女性の写真が貼りつけられ、その周りを埋め尽くすように、同じ女性が映っているスナップ写真が所狭しと貼られている。スマホを取り出し、ライトで照らしてみると、その女性は、どの写真でも険しい表情をしており、一つとして笑っているものがなかった。

「これ、祭壇かな……？」

問いかけると、依子は頷《うなず》く。

「たぶん。あいつの母親だよ。でも、どうしてこんな——」

依子が言い終わるのを待たずして、入口のドアがミシリと歪《ゆが》み、そしてあっけなく破壊された。蝶番《ちょうつがい》の部分がへし折れ、支えを失ったドアが室内に倒れ込んでくる。地響きのような音を立てて倒れたドアを踏みつけながら、現れた美間坂はまっすぐに僕を、次いで柱にもたれる葵を見た。

「本当のことを、教えてくれないか」

たった今思い出したような口調で、美間坂は言った。

「君は津島君やそこにいる白川君の霊を視たと言ったそうだが、嘘なんだろう？　適当な話をでっちあげて、周りの注目を集めたかったのか？」

美間坂は柱にもたれかかった葵へと歩みを進める。僕は慌てて駆け出し、彼女と美間坂の間に滑り込むと、それ以上来るなという意思表示のために両手を広げて葵の前に立ちふさがった。その直後、みぞおちの辺りに衝撃を受け、僕は身体を折る。手からすべり落ちたスマホのライトが、悪鬼のようにゆがんだ美間坂の横顔を照らした。

「やめろこのクソ野郎！　孝一を殴るな！」

依子の叫び声を遠くに聞きながら床に頽《くずお》れた僕は、後頭部を踏みつけられ、顔面をしたたか床に打ち付けた。

「気に入らない。こんな訳の分からないガキに私の犯行を見抜かれるなんて、非常に気に入らないよ」

美間坂が恨めしげに吐き捨てた直後、痛みとは違う、僕は全身が凍り付くような感覚に襲われた。馴染《なじ》みのあるこの感覚は紛れもなく、霊の接近を知らせるものだ。

視界の端で、黒く澱《よど》んだ影が蠢《うごめ》いた。骨の軋《きし》む嫌な音を聞きながら、僕は視線を巡らせる。目に留まったのは祭壇のように飾られた壁際の鏡台だった。

その鏡台の前に座り、長い髪を梳《す》く一人の女性……。

「おかあさん……」

僕はそう呟《つぶや》いた。わかっている。あれは僕のお母さんじゃない。けれど、そう声をかけることが、何より強くあの霊を刺激するのだと、僕は半ば本能で理解していた。

「はは、なんだ。命乞《いのちご》いより先に『お母さん』とは、尻《しり》の青いガキか君は」

軽蔑《けいべつ》じみた眼差しを僕に向けて、美間坂がせせら笑う。当然と言えば当然だが、彼には、あの女性の姿は見えていないらしい。

鏡台に座る女性の霊が手を止め、ゆっくりと首を巡《こうべ》らせた。その瞬間、僕はハッとする。鏡に貼り付けられた美間坂の母親の写真を目にした時、依子が言いかけたことの意味が、今はっきりと理解できた。

『――』

女性が何事か呟く。はっとして注意を向けた直後、赤く燃え盛るような血走った眼に強烈な怒りを宿し、女性は声を荒らげた。美しく整った顔を怨嗟《えんさ》に歪め、直視するのを躊躇《ためら》うようなおぞましい表情で奇声を発し、僕を罵《ののし》った。何度も何度も。繰り返されるその罵声《ばせい》に、僕は心臓が凍り付くような恐怖を感じた。率直に言って、声をかけたことを後悔すらしていた。女性は立ち上がり、ゆっくりとこちらに迫ってくる。一歩ずつ、床を踏みしめながら近づいてきた女性は、手にした煙草を――赤熱するその先端を、僕の身体に……。

「うわあああああ！」

僕は叫んだ。命乞いでも、許しを求めるのでもない。ただ、強く叫ぶことで、目の前の亡霊から逃れようとでもするみたいに。

「なんだ……錯乱したか？」

美間坂が怪訝《けげん》そうに呟き、僕の視線の先を追った。しかし、そこにはすでに女性の姿はなかった。瞬《まばた》き一つの間に、まるで煙のように掻《か》き消えてしまったからだ。

仮に女性がまだそこにいたとしても、美間坂にはその姿が見えないのだろう。もし見えていたのなら、奴は僕以上に取り乱し、この場から逃げ出していたはずだ。

「……こえた」

「何？　何か言いたいのか？」

僕の頭から足をよけてしゃがみ込んだ美間坂が、顔を覗《のぞ》き込んでくる。全身の痛みに加え、激しい頭痛に見舞われながらも、僕は意識を強く保ち、美間坂を見返した。

「あんたの母親が、あんたにいった言葉が聞こえたんだ」

美間坂の顔から薄ら笑いが消えた。その代わりに、恐ろしく暴力的で残酷な光を宿す瞳《ひとみ》が僕を射すくめる。

「そうだった。君はそういう力があるんだったね。霊の姿が見えて、声が聞こえる、だったかな？　実に信じがたいことだが、君が今ここにいることを考えれば、ありえない話じゃない。いや、信じるべきという気すらしてくるよ」

乾いた笑いと共に告げると、美間坂は僕の髪の毛をわし摑《づか》みにした。

「それで、何が聞こえたんだ？　私の母親がなんだって？」

「——ゴミだ」

「なに？」

怒り、疑心、嘲り、そして一抹の不安と怯《おび》え。そんな、あらゆる感情が入り混じった複雑な表情で、美間坂は問い返した。僕はわずかに呼吸を整え、その先を——美間坂の母親の霊が告げた言葉をそのまま口にする。

「あんたなんて、生きていたって誰の役にも立たない、そこらの虫と同じなのよ」

ひゅっと喉《のど》を鳴らし、美間坂は表情を凍らせた。巧妙に覆い隠されていた彼の感情が——乗り越えたはずの過去に怯え続けるその素顔が、あらわになった瞬間だった。

「どうして……お前……」

何か言おうとして口を開閉させる美間坂に考える隙を与えず、僕は続けた。

「あんたは白川さんと死んだ母親を重ね合わせていた。母親の代わりに彼女を『変身』させることで願望を叶《かな》えようとしてるんだ。そして許されたい。愛されたい。何人も殺した殺人鬼のあんたが、何より求めているのは母親の——」

「黙れえええぇ！」

美間坂は突然叫び出し、僕の頭を床に打ち付けた。何度も、何度も硬い床にたたきつけられ、脳みそが攪拌《かくはん》されたように世界が揺らぐ。

「お前、何なんだ！　お前なんかが私の……母さん……僕のっ！」

支離滅裂に叫び、立ち上がった美間坂が再び僕を足蹴《あしげ》にする。肩が、背中が、容赦なく蹴《け》りつけられ、鋭い痛みが全身を駆け巡った。

「やめて……やめてよ！　孝一ぃ！」

依子が悲痛に叫んだ。止めに入ることもできず、状況を見守ることしかできない自分の無力さがもどかしくて仕方がないとでも言いたげに。

僕は朦朧《もうろう》としながらも、意識を手放さぬよう必死に歯を食いしばり、この身を襲う一方的な暴力が収まるのを待った。ひとしきり僕を蹴りつけた美間坂は、やがて満足したように動きを止め、荒い呼吸で肩を上下させつつ後ずさった。

「はは……そう、そうだよ。お前の言う通りさ。彼女は母さんにそっくりだ。雪のように白い肌も、優しそうに笑う表情も、僕を見つめる瞳の色も何もかも。だから選んだんだよ」

熱に浮かされたような眼差《まなざ》しが、柱にもたれかかっている葵に向けられた。

「まだ間に合う。彼女を正しい姿に『変身』させられれば、母さんだって僕を……」

手にしたナイフの切っ先を眼前に掲げ、その鋭さを確かめるように目を細めた美間坂が葵へと迫る。

やめろ。彼女に手を出すな。そう言いたいのに言葉が出てこない。口の中はもうズタズタで、唾液《だえき》と血液がとめどなく溢《あふ》れて呼吸すらままならない。地べたを這《は》いつくばり、立ち上がる気力もないままに、僕は葵へと手を伸ばす。届くことのない手を、ただ必死に。

その時、ドアの方から物音がした。戸口に手をかけ、破壊されたドアを踏みつけて現れたのは加地谷だった。頭部を負傷したのか、顔の左半分が血まみれで、顎《あご》を伝い落ちた血がシャツの胸元を真っ赤に染めている。全身を引きずるようにして室内に踏み入った加地谷は、ナイフを掲げ葵へと迫る美間坂の姿を認めた瞬間、いきなり吠《ほ》えた。

「美間坂あぁぁ！」

獣の雄たけびよろしく怒鳴り声をあげながら、加地谷は床を蹴って飛び掛かった。暴走する大型トラックのような勢いで美間坂に突進し、ナイフを持つ手に摑みかかると、なぎ倒すようにして床を転がった。美間坂も負けじと応戦し、どちらかが上になったかと思えば、相手も負けじとマウントを取る。そんな攻防が繰り返され、暗闇の中に双方の殺気じみた唸《うな》り声が響いた。

「てめえは……てめえだけは……！」

加地谷の振り上げたこぶしが二度、三度と立て続けに美間坂の顔面を捉《とら》える。だが美間坂の抵抗も激しく、すぐにまた二人はもつれ合い、月明かりの届かない暗がりで激しい揉《も》み合いが続いた。

やがてどちらかが「うっ」と短い悲鳴を上げ、訪れる唐突な沈黙。重なった二つの身体。そのうちの一つが、ゆっくりと立ち上がる。

「うそ……そんな……」

抱いた絶望をそのまま声にして、依子が嘆いた。立ち上がったのは美間坂だった。その手に握られたナイフからは鮮血が滴り、ぽたぽたと不気味な音を立てる。

「待て……この……」

加地谷は脇腹の辺りを押さえ、息も絶え絶えに呻《うめ》いた。その様子を興味なげに一瞥《いちべつ》した後、美間坂は踵《きびす》を返し、再び葵へと迫る。

「孝一……ねえ、孝一。なんとかしなきゃ。葵ちゃんが……ねえ！」

依子が僕に追いすがるようにして言う。もちろん僕だって同じ気持ちだった。しかし身体が動かない。どんなに必死に立ち上がろうとしても、まるで言うことをきいてくれないのだ。

「おい……戸倉、立て……」

やや離れた位置から、加地谷の声がする。刺された傷の痛みに呻きながらも、彼はしきりに訴えかけてきた。

「立って彼女を守れ……」

加地谷から流れ出た血がじわじわと床に広がる。彼にはもう、立ち上がることはおろか、満足に喋《しゃべ》る力も残っていない。それでも、僕に訴えかける声や眼差しには、目の前の生命を絶対にあきらめないという、鋼の意志が確かに宿っていた。

「そうよ。立って、孝一」

同じように、依子が強い口調で言った。

「あのクズの好きにさせちゃダメ。あんたがあの子を助けないと、ここにはもう他に誰もいないんだから」

美間坂は葵の身体を掴み、力任せに引きずり倒した。衰弱し、悲鳴の一つもあげられず無抵抗となった葵は床の上にあおむけに倒れる。雲が晴れ、更に強まった月の光が、窓の上部にあるステンドグラスを透過し室内に降り注ぐ。

「――やがて起き上がってみると、その痛みがまったくの空想であることがわかった。今日の考えごとの数々も、やがて消え去っていくのだろう」

聖母マリアを象《かたど》ったそのステンドグラスを見上げ、美間坂は『変身』の一文をそらんじた。

「ママ……もうすぐだよ。もうすぐママを……正しく変身させるからね……」

まるで、そこにいる母親に語り掛けるかのような口ぶりだった。あまりに純粋で、無邪気ともいえるその横顔を前に、何故か息がつまった。

美間坂は恨みや憎しみといった感情からではなく、もっと別の感情から母親を求めている。自らが愛されなかったがゆえに息子を愛することのできなかった母親。いくら求めても愛情を与えてくれずいなくなってしまった母親。その深い傷を抱えた美間坂は今、母親に似た葵を正しく『変身』させることで母親との関係をやり直そうとしている。

だが、そんなものはまやかしだ。一片の悪意も感じられない、純粋な気持ちからの行為だとしても、愚かな空想に過ぎない。死者からの愛情など、求めるだけ無駄なのだから。だからこそ、美間坂の行いは、阻止しなければならない。

それまで、うんともすんとも言わなかった身体が、意識に反応して動いた。床に手をつき、僕は立ち上がる。

「その調子だよ。立って、あの子を助けて。孝一」

依子の声が背中を押す。脳裏に浮かぶのは、炎に包まれた我が家と、階段の上から手招きをする父の姿。もしあの時、依子が来てくれなかったら、僕は死んでいた。この町にも来ていなかったし、葵にも出会っていなかった。こうして、殺人鬼の屋敷で命を奪われようとしている彼女を目の当たりにすることもなかった。

「全部……繋《つな》がっていたんだ……」

小さく呟《つぶや》いて、僕は依子を見た。彼女は少しだけ驚いたように僕を見返す。そしてすぐに、僕が何を考えているかを理解したんだろう。いつもみたいに、少し困ったような顔で笑った。

――やっぱり、何もかもお見通しだ。

依子の笑顔を見ながら、僕は確信した。全部、この瞬間のためにあったのだと。僕が生き残ったのには意味があった。今夜、この場所に来ることはきっと、定められたことだった。あの日、依子が僕にしてくれたことを、今度は僕が……。

短く呼吸を整え、床を蹴って走り出した。

「行け、孝一。走れ！」

依子の声が追い風のように背中を押す。ステンドグラス越しに降り注ぐ月明かりの中、美間坂が気配を察知してこちらを振り返った。

「邪魔をするなあああ！」

振り上げたナイフが、僕の眉間《みけん》めがけてまっすぐに振り下ろされる。床に手をつき、低く身をかがめてその刃《やいば》を躱《かわ》した僕は、渾身《こんしん》の力でもって美間坂に突進した。

「うああああ！」

自分を鼓舞するように叫んで美間坂の腰に摑《つか》みかかり、そのままの勢いで窓際へと追い詰めていく。

「離せ、このっ！　ああああ！」

美間坂の悲鳴じみた声が耳朶《じだ》を打つ。デタラメに振り回したナイフが僕の腕や背中を切りつけ、鋭い痛みが走る。だが、そんなものに構いもせず、更なる勢いでもって屋根裏部屋を駆け抜け、その先の窓ガラスへ——

けたたましい音を立ててガラスが砕け、重力を失った身体がふわりと宙を舞い、僕と美間坂は夜空に投げ出された。深い闇を引き裂くように敷地内になだれ込んでくる何台ものパトカーを視界の端に捉えながら、落下していく僕が最後に見たのは、驚いたように目を見開き、弱々しく手を伸ばす葵の姿だった。
その、どこまでも澄んだ瞳《ひとみ》を脳裏に焼き付け、僕は底なしの闇の淵《ふち》へと落ちていった。

第六章

1

気付けば暗く、狭い部屋の中にいた。

誰の気配もない闇に支配されたその部屋の真ん中で膝《ひざ》を抱えながら、僕はゆっくりと自分の身体が冷たくなっていくのを感じていた。指先が震え、身体の芯《しん》から熱が奪われていく。やがてすべての熱が奪われた時、僕の身体は闇に溶けて消えてしまうのだろう。

——これが死か。

そんなことを感じながら、僕は足元から這《は》い上がってくるような恐怖に打ち震えた。けれどその一方で、美間坂の悪意から葵を救い出せたという満足感が、にわかにその恐怖を軽減してくれてもいた。

「——なにやってんのよ。こんなところで」

「依子……」

振り返ると、ぼんやりと光を放つ依子の姿が、闇の中に浮かんでいる。見知ったその顔に僕が安堵《あんど》の息を漏らす一方で、依子の表情はすぐれない。

「こんなにボロボロになっちゃって。確かにあたしも背中を押すようなこと言ったけどさ、まさか窓ガラス突き破って飛び降りるとは思わなかったよ」

「ごめん、あれはその、とにかく夢中で……」

依子には言われたくない。後先考えないのは相変わらずだよね」

依子には言われたくない。そう思ったけど、口には出さないでおく。

「せっかく、あたしが救ってあげた命なんだから、もっと大事にしてよ」

「依子に救われたからこそだよ。僕の命は、僕だけのものじゃない。誰かを救うために使わなきゃならないって思ったから」

そう返すと、依子は困ったように視線を伏せ、深く息をつく。

「本当に面倒くさいよね孝一は。そんなの忘れて、面白おかしく生きればいいのに」

「できないよそんなこと。依子が死んじゃってから、僕はずっと後ろめたかった。叔父《おじ》さんや叔母《おば》さんにも申し訳なくて、毎日生きているのがつらかった。でも、白川さんを救えたことで、それも許された気がしたんだ。これでやっと、僕も依子みたいに――」

「そういうの、もう終わりにしようって言ってるの」

ぴしゃりと断じるように、依子が僕を遮った。向けられた鋭い視線に、思わず息をのむ。

「あたしはあんたを助けたこと、後悔なんてしてない。だってあんたは、こんなにもいい奴に育ってくれた。自分なんか自分なんかって下を向くのはもうやめようよ。あんたはあたしの誇り。親がどうとか、あたしの命がどうとか、そんなのはもう全部終わったことでしょ。でもあんたには『これから』がある。自分の価値がどうとか、そんなのはもう気にすることないの」

「でも……」

左右に首を振って、依子は再度僕を遮った。

「それに、葵ちゃんを救ったんだから、もうチャラにしていいでしょ。いつまでもぐちぐちいうのはやめにして、ちゃんと進んでね」

そう言って、依子はすっと後退した。水の上をすべるように、どんどん小さくなっていくその姿に、僕はたまらず呼びかけた。

「依子、どこ行くんだよ。進むって、どこにだよ」

「決まってるでしょ。『未来』だよ」

「依子、待って。僕も一緒に……」

追いかけようとするけれど、前には進めなかった。水中を歩いているみたいに身体が重く、いうことを聞かない。

「依子！」

「そうだ。もうその力は必要ないだろうから、あたしが持っていくね」

何かのついでのようにいって、依子はもう一度笑った。それはいつもみたいに、悪戯《いたずら》っぽい笑い方じゃなくて、優しさと慈愛に満ちた、温かな笑みだった。

深い闇のカーテンがふわりと音もなく降りて、視界が遮られた。何も見えず、何も聞こえない。完全なる無音の世界にたゆたう黒い水の中へ、僕の身体は沈んでいく。

そして、光が——

2

目を開けると、真っ白な世界が広がっていた。

窓から差し込む目に痛いほどの光に顔をしかめ、僕は周囲を見回す。壁も床も天井も、何もかもが白い部屋の中、ベッドの上に横たわっている自分の姿を確かめ、ここが病室であることに考え至った僕は、詰めていた息をゆっくりと吐き出した。

「生きてる……」

ぼんやりと呟《つぶや》きながら、身体を起こそうとする。

「いたっ！」

ちょっと動かしただけで、神経に針を刺したような痛みが身体中を駆け抜ける。改めて自分の身体を確認すると、右脚と左腕はギプスで固められ、全身包帯塗《まみ》れだった。この状況を見る限り、かなりの大怪我であることは間違いない。

「そうか、僕はあの屋根裏部屋から落ちて……」

自ら口にした瞬間、僕は改めて背筋を凍らせた。宙に浮いた身体が地面に向かって真っ逆さまに転落していく感覚を思い返し、ぶるる、と身震いする。

「あら、目が覚めたのね？」

不意に声をかけられ、物思いから立ち返る。声のした方を振り返りながら、「依子？」と呼びかけたが、カーテンをひいて顔をのぞかせたのは依子ではなく、福々とした笑みを浮かべる中年の看護師だった。

「あなた運がいいわ。運ばれた時はだいぶ出血していて、頭も打っていたのよ」

「はぁ……」

生返事をしながら、僕は再び室内を見回す。だが、どれだけ探しても、依子の姿はどこにも見つけられなかった。

「十日も眠っていたんだから。一時はどうなることかと思ったけど、気がついて良かったわ。ご家族にも連絡しないとね」

「そうですか」

叔父さんと叔母さんの顔が脳裏に浮かぶ。また、心配をかけてしまったことを心苦しく思う一方で、彼らの顔が見られるのは素直に嬉《うれ》しかった。

「そうそう、お客さんがね、来てるのよ。ちょうど今病室の前に——」

看護師が病室の入口を振り返ったタイミングで引き戸が開かれた。恐る恐る、といった様子で中に入ってきたのは薄いピンクの病院着姿をした葵だった。スリッパの音を立てながら遠慮がちにベッドのそばにやってきて、僕の顔を覗《のぞ》き込む。

「戸倉くん、大丈夫……？」

「うん、なんとかね」

僕がぎこちなく頷くと、葵はどこか遠慮がちに笑みを浮かべ、そのまま黙り込んでしまった。なんとも表現の難しい、曖昧《あいまい》な沈黙が病室を満たしていく。

「あらあら、どうしちゃったの二人とも。せっかく目が覚めたんだから、もっとゆっくりお話しして頂戴《ちょうだい》。私は先生を呼んでくるから、ね」

見かねた看護師が葵の肩を摑《つか》み、用意したパイプ椅子に座らせた。そこで所在なげに小さくなっていた葵は、看護師が慌ただしく出ていった後、照れくさそうに頰をかいた。

その腕に包帯が巻かれているのを見て、僕は思わず身を起こし、

「ていうか、白川さんこそどうなの？　具合は大丈夫？　怪我とか……」

「大丈夫だよ。大きな怪我もなくて、安静にしていれば回復するって」

おろおろと取り乱す僕をなだめるように、葵は頭《かぶり》を振る。

「私よりも、戸倉くんの方がずっと重傷だよ。犯人と一緒に窓から落ちちゃったんでしょ？」

「まあね……」

曖昧に応じると、葵の表情がわずかに曇る。

「私、はっきりとは覚えてなくて。バイトの帰りに美間坂先生にばったり会って、家まで送ってくれるっていう言葉を信じて車に乗っちゃったの。あの屋敷に連れていかれた

ところまでは思い出せるんだけど、あとは全然。気がついたら病院のベッドにいたんだ」

僕が彼女を発見した時、かなり衰弱して意識も混濁していた。何も覚えていなくても無理はないだろう。だが、そこまで考えたところで、僕は改めてハッとした。

「捕まってからのこと、本当に何も覚えてないの？」

「断片的になら思い出せることはあるんだよ。でも、詳しく説明することはまだ難しくて、刑事さんたちも困らせちゃってて……。お医者さんは少し時間が経てば思い出すだろうって言ってくれてるんだけど」

「僕の部屋に来たことは？」

「え？　戸倉くんの部屋に……？」

葵はきょとんとして、斜め上を見上げて記憶を探り、そして小首を傾げた。

「行ったこと、あったっけ？」

「あ、いや……君が、僕に助けを求めて……」

「私が……助けを……？」

ぱちくりと目を瞬《しばたた》かせる葵を見て、僕はすぐに事態を悟った。彼女はあの夜、霊体となって僕の所に来た時の記憶をまるごと失っているのだと。どういう仕組みかはわからないけど、あの時に会話を交わした相手は紛れもなく彼女本人だった。幼い頃の記憶を語ってくれたことからも、それは間違いない。けれど、今の彼女にはあの日の記憶がまるで残っていない。肉体が記憶としてあの夜の出来事を刻んでいないからなのか、あるいは夢の中の出来事のように、目覚めた瞬間に記憶の深層へと埋没してしまったのか。

いずれにせよ僕たちの関係は、あの夜以前に戻ってしまっているということだ。

途端に虚《むな》しさが押し寄せ、僕は深く息をついた。一度は死んだと思っていた彼女が生きていてくれた。この再会を喜ぶべきなのに、なんだか手放しで喜べない複雑な思いである。

「戸倉くん？」

「ああ、何でもないよ。僕の勘違いだったみたい。ごめんね」

ははは、と誤魔化し、無理に笑って見せると、葵は納得したようなしていないような、曖昧な表情で俯《うつむ》いた。

「今も思い出そうとすると、身体が震えるの。美間坂先生、今までとはまるで別人で、訳の分からないことを言って……私、たくさんの髪の毛の上に寝かされて……」

弱々しく声をかすれさせ、葵は口元を手で覆った。

恐怖症を抱える彼女にとって、それは思い返すのも恐ろしい拷問だったはずだ。肉体的に傷を負わなくても、トラウマをほじくり返され、恐怖を真正面から押し付けられてしまったら、記憶に蓋《ふた》をしたくなるのも当然かもしれない。

「でもね、怖いものにひたすら向き合うことを強要されて、逃げたくても逃げられなくて、おまけに水も食料ももらえなくて、意識がだんだん途切れ途切れになった時に、思い出したの。すごく大切なこと」

「大切なこと？」

問い返した僕に、葵はそっと頷いた。

「私が長い髪の毛を怖がるようになったのは、お父さんが出ていく前の日、うちにやってきたお父さんの愛人を、お母さんが刺しちゃったから。ずっとそう思っていたんだけど、その記憶は違ってた。お父さんの愛人を刺したのは、私だったの」

「え……」

思わず声を漏らした僕を一瞥《いちべつ》し、葵は続ける。

「あの日、具合が悪くなって学校を早退した私が家に帰ったら、リビングにあの女の人がいた。お母さんがパートに出ている時間に、お父さんが連れ込んでいたの。長い髪の毛が自慢の若い愛人をね。彼女は私を見ても慌てる素振りすら見せなかった。私たち家族の家で、家族を壊そうとしている人が我が物顔でいるのを見て、私……」

葵の顔に強い感情が宿り、うすい唇をわななかせている。声をかけることも忘れ、僕は彼女の話に聞き入っていた。喉《のど》がからからに渇いて引っ付きそうだったけれど、水を飲む余裕すらないほどに。

「気がついたら、あの人はお腹から血を流して倒れていた。長い髪が、血だまりの中で生き物みたいに……」

ぶるる、と葵は身震いした。その顔は青ざめ、声や肩は哀れなほどに震えている。

躊躇《ためら》うように言葉を切った葵は、口元を押さえ、何かを堪《こら》えるように目を閉じた後で、話を再開する。

「パートから帰って来たお母さんがそれを見て、叫びながら私に駆け寄って来たわ。私の手から包丁を取り上げてこう言ったの。『あなたは何もしてない。やったのは私なのよ』って」

「それじゃあ、お母さんは君をかばって……？」

葵は無言のまま、遠慮がちにうなずいた。

「幸いにもその人は軽傷で済んだ。お父さんがその人を説得したみたいで、警察沙汰《ざた》にもならなかった。それでもお母さんは最後まで私がやったことを口外しなかった。そうすることが一番だっていうお母さんの顔を見ていると、そうしなきゃって思っちゃったのね。それで私の心が導き出したのは『忘れる』ことだったんだと思う。私はそうやって、お母さんを犠牲にして逃げ続けてきたの」

自分を責めるように言いながら、葵は力なく頭を振った。

「……違うんじゃないかな」

下を向いたまま、反応しない葵に向けて僕は言う。

「お母さんは犠牲になんかなっちゃいない。たぶん、そうするのが正しいことだって信じていたんだ。白川さんを守るために、他に方法が無くて仕方なく罪を被《かぶ》った。確かにその女の人は身体に傷を負ったかもしれない。でも、君はそれ以前に、その人のせいで心に大きな傷を負った。お母さんはそれがわかっていたから、これ以上君の心を傷つけないように、現実を捻《ね》じ曲げてでも君を守ろうとしたんじゃないかな」

葵ははっと息を呑《の》み、その瞳を弱々しく揺らした。流れ落ちた涙が頬を伝う。

「そう、思う……？」

もちろん、と返すと、葵の目からぽろぽろと、堰《せき》を切ったように涙が零《こぼ》れ落ちた。声を忍ばせ、小さな肩を頼りなく震わせながら、ひとしきり涙を流した葵は、大きく深呼吸を繰り返したあとで顔を上げた。

「ありがとう、戸倉くん。なんか私、救われてばっかりだね」

「そんなこと……」

彼女の晴れ晴れとした顔につられて、僕もまた笑みを浮かべた。

「でも待って。もう一つ、どうしてもわからないことがあるんだけど」

そう言って、葵は室内をきょろきょろと見回す。

「依子って、誰のこと？」

「ああ、それは僕の……」

言いかけて、僕は思わず言葉を切った。葵はじっと下から見上げるように、僕を凝視していた。不安と期待が混在したような複雑な表情をして、落ち着かなげに僕の答えを待ち構えていた。その姿がどうにもおかしくて、僕はつい噴き出した。それを見て、葵は目を瞬かせる。

「え、なに？　どうして笑うの？」

「いや、ごめん。そうじゃなくて」

「そうじゃないってどういうことなのよ。ねえ、ちゃんと教えてよ！」

頬を膨らませ、ムキになって言う葵が、僕の腕を摑《つか》んで揺する。まだ痛みの残る身体で彼女の手の感触を確かめながら、僕はまたおかしくなって笑った。

「──おいおい、なんだよ。一人寂しく膝《ひざ》でも抱えて泣いてるかと思ったら、ずいぶん楽しそうじゃねえか」

突然、低い声が割り込んできて、僕と葵が揃って入口を振り返る。そこには見知った顔があった。

「刑事さん、来てくれたんですか」

加地谷はふんと鼻を鳴らして室内に入ってくる。まだ刺された傷が完治してはいないはずなのに、いつもと同じスーツ姿で、左の頬に大きな絆創膏《ばんそうこう》を貼っている。歩くときに少しだけ足を引きずっているのは、怪我の影響だろうか。

「ちょっとカジさぁん、どうして置いて行くんすか。ていうかジュースくらいかわいい後輩におごってやろうって気にはならないんすか？」

「うるせえな馬鹿野郎。ジュースなんていらねえんだよ。おら、よこせ」

遅れてやって来た浅羽の手から缶ジュースを二つもぎ取ると、加地谷はベッドに備え付けられたテーブルに並べて置いた。特に言葉はなかったが、僕と葵に譲ってくれたらしい。後頭部をぱしんと叩《たた》かれた浅羽は不満そうにしていたが、僕たちの顔を見てすぐに加地谷の意図を理解したらしく、ジュースについては何も言わなかった。

「痛いなぁ。名誉の負傷をした相棒を労《いた》わろうって気持ちはないんすか？」

「何が労わるだ。俺の方がよっぽど重傷だろうが。だいたいてめえは軟弱なんだよ。ちょっと刺されたくらいでぴーぴー喚《わめ》くんじゃねえ」

「何言ってんすか。俺の身体はカジさんのと違って特にデリケートにできてんすよ。かわいい看護師さんにちやほやされて、大切に治療されないと完治しないんです。無理に退院させられて、仕事に復帰させられて、これで後遺症でも残ったら、カジさんのこと訴えますからね」

「あぁ？　何言ってんだてめえ。つくづく生意気だなこのっ！」

今にも取っ組み合いでも始めそうな二人だったが、病室の前を通りかかった看護師に注意され、すんでのところで引き下がった。それから僕たちの視線に気づき、ばつが悪そうに咳払《せきばら》いをした加地谷は腕組みをして壁にもたれかかり、事件の顚末《てんまつ》について簡単に説明してくれた。

あの夜、窓から転落した僕と美間坂は、駆け付けた救急隊によって近くの病院へと運ばれた。僕と同じように、美間坂も一時は危険な状態だったようだが、なんとか持ち直し、現在は警察病院で治療を受けているのだという。怪我が治り次第、詳しい取り調べが始まる。奴がどこまで本当のことを話すかはわからないが、犯した罪の重さを考えれば極刑は免れないだろうと、加地谷は険しい表情で言った。

「なんにしても、君のおかげで無事に奴をつかまえられたよ。可愛い彼女も生きていてくれたし、いうことなしだね」

羨《うらや》ましそうに僕の足をバシバシと叩いて、浅羽は立ち上がった。

思わず葵と顔を見合わせ、照れくさくなった僕は鼻の頭をポリポリかいた。

「あの、刑事さん……」

話を終え、立ち去ろうとした二人を呼び止めると、浅羽は加地谷に視線をやり、それを受けた加地谷が僕を見た。事件の時とは違う、どこか親しみを感じる眼差《まなざ》しを前に、僕はおずおずと問いかける。

「依子の姿が視えなくなったんです。ずっとそばにいてくれた従姉妹《いとこ》の霊が……。どうしてかは、わからないんですけど……」

少し考えた後で、加地谷は言う。

「もう、必要なくなったからじゃねえのか？」

その意味を考え、視線をさまよわせる僕から葵へと目を移し、加地谷は続けた。

「過去じゃなくて、未来を見据えて歩けってことだろ」

——未来を見据えて。

その一言に、僕は言葉を失う。心の深いところで固く結ばれていたものが、するりとほどけるような感覚があった。

「いいこと言いますねカジさん。カッコいい〜」

「うるせえな馬鹿野郎。てめえはさっさと刺された傷くっつけやがれ」

「カジさんこそ、できるもんならやってみてくださいよ。でかい図体《ずうたい》のくせに、痛み止めが切れるたびに泣き言言う姿は哀れで見ていられないっす」

「そんなことできるか。俺はロボコップでもターミネーターでもねえんだ」

「似たようなもんでしょ……あ、いてっ！」

二人の刑事が騒がしく言い合いながら病室を出ていった後、僕と葵はまた自然と視線を交わす。気づけば葵の白い手が、僕の手に重ねられていた。

「ねえ、戸倉くん」

「なに？」

問い返した僕を、葵がじっと見つめる。窓から吹き込むゆるやかな風が栗色の前髪をわずかに揺らした。彼女は短く切りそろえられたその髪に軽く触れて、

「私、髪の毛伸ばしてみようかな」

少し照れくさそうに笑う葵に、僕はゆっくりと頷《うなず》いた。それから彼女の手を強く握り返し、窓の外に広がる青々とした空と、眼下に広がる街並みへと視線を定める。

その景色の中に、僕たちが歩んでいくべき未来を見据えて。

エピローグ

傾きかけた太陽が、西の空を淡く染め始めていた。遠くの空には千切れかけた雲がたなびき、乾いた風に揺られた葉の音がざわざわと響いていた。

周囲に背の高い建物はおろか、視界を遮るものは何もない。普段よりも高く感じられる空を仰ぎ、加地谷は軽く伸びをした。

グレゴール・キラー事件が解決してから約二か月が経過し、事件に騒然としていた荏原市にもすっかり平穏が訪れていた。逮捕直後は美間坂創なる殺人鬼の人物像や犯行動機、そして悲惨な生い立ちなどを煽情《せんじょう》的に報じていた地元メディアも、今では市内の水族館でゴマフアザラシの赤ちゃんが生まれたニュースなんかを熱心に取り上げていた。

事件当時、腹部を刺されながらも犯人と格闘した加地谷は、病院に救急搬送された時点で致死量の一歩手前まで血液を失っていたが、医者が舌を巻くほどの驚異的な回復力で持ち直し、本調子ではないにしろすでに職務に復帰している。怪我の具合もすっかり良《い》い。医者は定期的に通院しろだの、現場に出るのはまだ早いだのと言っているが、この調子なら捜査に戻っても支障はないだろう。

——いつまでもデスクワークじゃあ、あっという間に老け込んじまうからな。

内心で独り言《ひとご》ち、加地谷は目の前の墓石に視線をやった。

「悪いな垣内。医者がうるさいせいで、すっかり来るのが遅くなっちまった」

かつての相棒が眠る墓の前に立ち、加地谷はぽつりと言った。周囲に他の利用者の姿はないため、こうして墓に話しかけていても、不審な目で見られることはない。

「お前の仇《かたき》を取れば、何かが変わると信じてきた。けど実際、奴を捕まえても、目に見えた変化なんてもんはなかったよ。強いて言うならお前の家族に――裕美《ひろみ》さんと沙織《さおり》ちゃんに報告できたことくらいだな」

応《こた》える声はない。その代わりであるかのように、冷たい秋の風が加地谷をこの場から追い立てようとするみたいに吹き抜けていく。

ここへ来るのは半年ぶりだった。すっかり通い慣れた霊園なのに、今日は何故だか、初めてきた場所のように感じる。

「ちょっとカジさん、置いて行かないでくださいよ」

桶《おけ》と柄杓《ひしゃく》を抱え、小走りにやってきた浅羽がぶちぶちと不満をこぼす。

「ただ水を汲《く》むだけなのに、どれだけ手間取ってんだてめえは」

「何言ってんすか。この霊園、馬鹿みたいに広くて迷っちゃったんすよ。カジさんが俺を置いてさっさと行っちゃうから……」

その後もあれこれと文句を垂れながら、浅羽は手早く花を供え、線香に火をつけた。

真剣な面持ちで両手を合わせるその横顔を見るともなしに見下ろしながら、加地谷はそっと口を開く。

「――お前、嘘ついてるだろ」

浅羽の目がぱっと開き、瞬《まばた》きを忘れてしまったみたいに凍り付いた。周囲の景色は何も変わらないのに、二人の間にある空気だけが重く、息苦しいものに変化する。

「何の話っすか。俺は別に何も……」

「この野郎、とぼけてんじゃあねえぞ」

言い逃れしようとするのを先回りして遮り、加地谷は強い口調で罵《ののし》った。

「お前、俺をバカだと思ってるのか？　俺ぁ腐っても刑事だぞ。これだけ一緒にいるお前の薄っぺらい嘘を見抜けないほど落ちぶれちゃあいねえ」

「何言ってんすかカジさん。だから何も嘘なんか……」

浅羽の眼前に広げた手で再び発言を遮り、加地谷は忌々しげに溜息《ためいき》をついた。

「だったら、なんで今『迷った』なんて言ったんだよ。お前、垣内に世話になったって言ってたろ。そのお前が、これまで墓参りの一つも来なかったっていうのか？」

「それは……その……」

「それにだ。垣内は高校時代、確かに野球部に所属していたが、万年補欠のベンチウォーマーだった。打てない、捕れない、走れないの役立たずだったって自分でこぼしてたよ」

苦笑する加地谷に、浅羽はばつの悪そうな表情を向け、どう言葉を返すべきかを必死に思案している様子だった。

「飛んでくる球が怖くてつい腰が引けちまうから、バッティングセンターにも行かないなんて自虐気味に言ってたよ。野球経験者ってこともあまり周囲に知られたくなかったらしいしな。そんなあいつが、後輩を連れてバッティングセンターに通ってたってのが、俺はどうも腑《ふ》に落ちなかった。お前の言葉に、違和感を覚えたんだよ」

浅羽の表情からみるみる薄笑いが消え去っていく。加地谷の表情を窺《うかが》うその眼差しには、もはや言い逃れのできない動揺がはっきりと浮かんでいた。

黙っていても、勝手に喋《しゃべ》り出すだろう。だが加地谷はあえて、この若者がついた嘘を言葉にすることにした。

「垣内に世話になったってのは嘘だ。お前とあいつに接点なんてなかったんだろ？」

がっくりとうなだれるようにして、浅羽は首を縦に振った。もはや抵抗する気はないらしく、両目を固く閉じ、軽く天を仰いで脱力する。それは、これまで捕まえてきた多くの犯罪者たちと同じ、すべてを諦《あきら》めた者の仕草に思えた。

「わかりました。認めますよ。確かに俺は、垣内さんとは会ったこともないです」

「ふん、悪あがきしねえのは感心だな。だが、説明してもらわなきゃあこっちが納得できねえ。あいつと会ったこともないなら、どうしてお前は俺を信用する気になったんだ？　付け焼刃の知識で垣内の知り合いを装ってまで、俺の信頼を得ようとした理由を聞かせろよ」

強く言って詰め寄ると、浅羽は困り果てたようにがりがりと頭をかいて、スーツの前を掻《か》き合わせるように腕組みをした。

「……カジさんこそ、本当に覚えてないんすか？」

「あぁ？　何をだよ」

問い返した加地谷をじっと見つめ、そこに嘘がないことを確かめた浅羽は、途端に肩を落とし、何故か落胆した様子で石塀のそばに座り込み、

「十二年前の冬。札幌に住んでいた頃、俺の両親が強盗事件に巻き込まれました」

浅羽はうなだれたまま、そんなことを口にした。何の話かと怪訝《けげん》に感じながらも、加地谷はその先に続く言葉を待った。

「事故死っていってましたけど、本当は違うんすよ。夜、二階で寝てたら物音がして、母さんの悲鳴と父さんの叫び声がしました。ヤバいと思って、すぐに駆け下りて様子を見ようかと思ったけど、妹のことが気になって二人で押入れに隠れていたんです。幸い、犯人はすぐに出ていってくれて、様子を見に来た近所の人が警察や救急車を呼んでくれたんですけど、両親はもう手遅れでした。犯人はその後すぐに捕まって、動機を調べたら襲う家を間違えていたことがわかりました。本当は一つ隣の通りにある、不動産会社社長の家を襲おうとしたそうです。その家は、うちとは建物の形も、色も、大きさだって全然違ったのに……」

笑えない冗談を聞かされた時のように、浅羽はつまらなそうな顔をして肩を揺すった。

あらゆる希望を奪われ、絶望を目の当たりにしたようなその目を見ているうち、加地谷の胸が突然ざわついた。意識の深い部分が刺激され、何か重要なことが呼び覚まされていくみたいに。

「市外に住んでいたばあちゃんが駆けつけてくれるまで、俺と妹は庭のベンチに座っていました。パトカーに乗るのを妹が嫌がったんです。たぶん、両親と離れてどこかへ連れて行かれることがわかったんでしょうね。あいつは俺よりもずっと両親にべったりでしたから。そんな妹を慰めるような気力もなくて、俺はただ茫然《ぼうぜん》と絶望の中をさまよっていました。両親に会えない悲しみはもちろん、この先どうしたらいいのかとか、誰に守ってもらえばいいのかとか、そういうことを延々と考えていたんです」

殺された両親。幼い兄妹《きょうだい》。庭のベンチ。いくつかのワードが抜け落ちた記憶の穴を埋めるように、当てはめられていく。

「おい、その事件ってまさか……」

「そんな時です。一人の刑事さんが俺たちの所に来たんです。そのおっさんは煙草臭くてぶっきらぼうで、顔も怖いし身体もデカくて、熊みたいな刑事でした」

「ちょっと待て、おい……」

加地谷の制止を待たず、浅羽は喋り続ける。

「おかしなおっさんでしたよ。他の警察官たちが慌ただしく行き来するなかで、その刑事さんは俺と妹の側にずっと座ってるんです。何を話すでもなく、ただずっとね。最初は何なんだって思ったけど、そのうち俺たちのことを気遣って、何かしようとしてくれてるんだってわかりました。それで俺、言ったんです」

——どうしてお父さんとお母さんは殺されなきゃならなかったの？

かつて耳にした少年の声が、加地谷の頭の中に響いた。シルエットすらも失われていた記憶がみるみる復元されていく。

いつも事件を担当するたび、被害者やその遺族のことは絶対に忘れまいと心に誓うはずなのに、数えきれないほどの事件を経験するうちに少しずつ記憶が曖昧《あいまい》になっていく。

そして、いつかは忘却の彼方《かなた》に消え去ってしまうのを止められない。だが遺族は違う。唯一の肉親を失った遺族にとって、事件はその後の人生と切り離すことのできないものになる。今目の前にいるこの男もまた、そうした悲しみを背負い、生きてきたのだ。

加地谷は呼吸すらも忘れて浅羽の顔をじっと見据えた。ちらほらと雪の舞う冬の夜、理不尽な暴力によって家族を失った少年の面影が確かに残された相棒の顔を。

「あの時、カジさんは俺の肩を摑《つか》んで言ったんすよ。『世の中、理不尽なことばかり起きる。全部をどうにかするなんて無理だ。だから、どうでもいいことはやりたいやつにやらせておけばいい。でも、本当に大切なことは人任せにしちゃいけない。自分の手で守るんだ』って」

「俺が……？」

力なく問い返した声に、浅羽ははっきりと頷《うなず》いた。

「だから俺、泣くのをやめて妹を守らなきゃって思ったんすよ。父さんと母さんの代わりに、俺が強くならなきゃって」

そう告げる浅羽の顔に、普段の軽薄そうな表情は微塵《みじん》も感じられなかった。そこにあるのは紛れもない、一人の人間として強くあろうとする男の逞《たくま》しい表情だった。

「あの時のカジさんの言葉があったから、俺は刑事になることに決めたんです。犯罪はなくならない。被害者もいなくならない。でも、その時に負った心の傷を癒《いや》す手助けはきっとできる。刑事って立場から、それをやりたいって思ったんすよ。だから、なんとしても俺は刑事になりたかった。それを教えてくれたカジさんへの恩返しがしたかった。そう思って、念願の刑事になった時、俺は幸運にもその機会に恵まれました。でも相棒を殺されたカジさんは失意の中にいた。俺の記憶の中にいるカジさんとはまるで別人の、ただのくたびれた中年刑事になっちまってた」

浅羽は一度視線をそらし、唇をかみしめて眉間《みけん》に皺《しわ》を刻んだ。

「俺はそんなの認めたくなかった。周りから孤立し、熱意も、信念も失いかけていたけど、カジさんにはまだ刑事としての魂が残ってる。あの時、俺と妹を励ましてくれた心優しいカジさんが、グレゴール・キラーなんかに負けるわけがないって思いたかったんすよ。だから、希望してカジさんの相棒になりました。課長には変な目で見られたけど、俺には確信があった。俺たちでグレゴール・キラーを捕まえれば、カジさんはきっと完全復活するって。そして現に、俺たちは奴を捕まえました。諦めの悪い刑事の執念が不可能を可能にしたんすよ」

熱っぽく語る浅羽の声から逃げるように、今度は加地谷が目をそらした。

「……勝手なこと言ってんじゃねえ。俺は、お前が思うような刑事なんかじゃねえんだよ。美間坂を追い続けていたのは執念じゃなくて執着だ。諦めなかったんじゃなくて、諦められなかっただけだ。忘れたくても忘れられなかった。相棒が目の前で殺されて何もできない自分の不甲斐《ふがい》なさに苛立《いらだ》ち、周囲を遠ざけた哀れな男を誰よりも軽蔑《けいべつ》してたのは俺自身だった。今回だって、結果的に美間坂を逮捕できた。死なずに済んだ。だがそんなもんは結果論でしかねえ。一歩間違えば、俺もお前も死んでたかもしれねえだろ」

美間坂に刺されて負傷した浅羽の肩の辺りを指差して、加地谷は眉間の皺を深めた。

「それに、死んだ垣内は何をしたって戻って来やしねえんだよ」

妻は帰らぬ夫を思い、娘は触れ合った記憶すらない父親の影を追い続ける。そんな遺族のことを思うと、今も加地谷は自分を許せなかった。

痛みを覚えるほどに握りしめた拳《こぶし》が、おかしいくらいに震えている。

「それでも『大事なことは人任せにはするな』でしょ？　一人でも多くクソ野郎を逮捕して、悲しむ人を減らせば、垣内さんもきっと喜んでくれますよ。加地谷悟朗はそれが出来る刑事だって、俺、信じてますから」

「……生意気言いやがって。ガキが俺に説教かよ」

乱暴に言い放った言葉に、浅羽は待ってましたとばかりに笑みを浮かべた。気のない様子でそっぽを向いた加地谷だったが、不思議と心が軽くなったような気がして、自然と笑みがこぼれた。

「ふぅ、全部ぶちまけたらすっきりしましたよ。これで俺たちは隠し事なしの、正真正銘の相棒同士っすね」

「調子に乗るな。お前みたいな新米を相棒なんて認めねえよ。そのうち、生活安全課にでも送り付けてやる」

「またまた。そんな風に強がっちゃって。カジさんはもう、俺がいないと駄目な身体に――って、あてっ！」

くだらないことをつらつらと喋《しゃべ》る浅羽の頭をひっぱたいて黙らせ、脇へ押しのけた加地谷は墓石の前に屈《かが》みこんだ。それから、ふわふわと白く舞い上がる線香の匂いを確かめるように吸い込み、深く息をついた後で、石塀の上に置いてあった鞄《かばん》から一冊の古書を取り出した。

「カジさん、それって、あの屋根裏部屋にあった本じゃ……」

浅羽は驚いたように呟《つぶや》き、加地谷が手にしたその古書を指差した。

「本当だったら、グレゴール・キラーの首でも持ってきてやるつもりだったんだが、そういうわけにもいかねえからな。無理言って借りてきた」

加地谷は自嘲《じちょう》気味に笑い、証拠品保管庫から持ち出してきた『変身』を垣内の墓前に置いた。何か言いたげにしていた浅羽はしかし、言葉が見つけられない様子で押し黙る。

――これで、やっと……。

胸の内に、ささやかな解放感のようなものを感じ、加地谷はもう一度、息をついた。

それから立ち上がり、再び『変身』を手に取る。こっそり持ち出してきた手前、失くすわけにはいかない。

「その本、美間坂の祖父の遺品の中で唯一残ったものだって言ってましたよね。母親の恋人から虐待を受けていた美間坂は、主人公の境遇に自分や母親を重ねることで、つらい現実から目を背けることができたんすかね？」

「さあ、どうだかな……」

不意に問われ、加地谷は曖昧に頭《かぶり》を振った。

この本が美間坂の心にどのような影響を与えたのか。本当のところは本人を除いて誰にもわからない。ただ、この物語がまだ幼かった美間坂の心の奥深くに根を張り、奴が生来抱えていた邪悪さと融合した結果、その人間性に何かしらの変化を与えた可能性があるのではないかと、そんな思いが加地谷の脳裏をよぎった。

「――そういや美間坂がちらっと言ってましたけど、その本、出版社の記載がないっすね。値段も書いてないし、そもそもこの手作り感のある古臭い革の装丁って、一般には流通してなさそうっすよね。厳密には違うけど、私家本みたいなものなのかな……」

浅羽は『変身』をじっと観察しながら独り言のように呟いた。物思いから立ち返った加地谷は、その声に促されるように改めて手中の本を眺める。浅羽の言う通り、出版社の記載も値段の記載もない革の表紙は、澱《よど》んだ土気色をしており、ひきつれたように形も歪《ゆが》んでいる。水気を求めて指先に吸い付くようなその感触が、朽ちて干からびた人間の皮膚を想起させた。

気味が悪い。触りたくないと内心で呟きながらも、無意識のうちに指先は本を開き、ページを繰る。すると見返しの下部に捺《お》された三センチ大の青い印章が目に留まった。六角形の枠の中に文字なのか記号なのかが判然としない図形のようなものが絡み合って配された、幾何学的な形状の青い印章である。ややかすれているせいもあり、それが文字なのか、それともこれ自体が意味のある形を成しているのか、加地谷には全く判断がつかなかった。

「これって、何か意味のあるマークなんすかね？」

同じものを見た浅羽が何気ない調子で訊《き》いてきたが、そんなことは、加地谷にわかるはずもない。

「さあな。もとの持ち主は美間坂の祖父だったんだから、蔵書のしるしに捺したんじゃあねえのか」

素っ気なく返すと、浅羽は「ああ、なるほど」とさほどの感慨もなさそうに頷き、すぐに興味をなくした様子だった。

「それより、そろそろ署に戻った方がよくないっすか？　刑事部屋の溜《た》まりに溜まった書類整理、さっさと終わらせないと、また課長がガミガミと――おわっ」

浅羽は驚いたように声を上げ、上着のポケットからピロピロと間の抜けた電子音を響かせるスマホを取り出した。

「言わんこっちゃない。横山さんからっすよ。やだなぁ、この人の電話に出るの……」

浅羽は苦々しい顔でぶちぶち言いながら、スマホを耳に当てる。

素直に言うことを聞くのは癪《しゃく》だが、ここは浅羽の言う通り、さっさと署に戻るべきだろう。そう思って持参した線香やらなにやらを片付けていると、胸ポケットがぶるぶると震えていることに気付く。まさかと思いスマホを見ると、画面にはメッセージの着信を知らせる表示があり、送信元は『タヌキ面』とあった。

こみ上げる嫌悪感からつい舌打ちをしつつ、メッセージを開く。

「あぁ？　なんだこりゃあ……」

送りつけられた文章を数回読み返しながら、加地谷は低く呻《うめ》いた。文字の意味は理解できるが、全体像がつかめない。そんなメッセージの内容に苛立っていると、「──了解っす。失礼します」と通話を終えた浅羽が、

「カジさん。すぐに署に戻りましょう」

真剣な眼差《まなざ》しで急《せ》かすように言った。

「事件か？」

「でかいヤマっすよ。なんとかっていう有名な市議会議員の自宅で秘書が殺されていて、議員の娘が行方不明なんですって。状況から見て、誘拐された可能性もあるそうです。

すぐに帳場が立つみたいで、俺たちにも招集がかかりました」

なんとも物騒な事件であるにもかかわらず、浅羽はキラキラと目を輝かせている。このところ、怪我のせいもあって書類仕事ばかり押し付けられていたのだから、身体を持て余しているのだろう。それは加地谷にとっても同様なのだが……。

「あれ、驚かないんすね。もしかしてカジさんにも連絡いきました？」

「ああ。タヌキ野郎からメールが来たよ」

やや自虐的に言って、加地谷は苦笑した。

「課長が？　なんでまた？」

「知るかよ。それに内容も意味がわからん。本日付で俺たちに辞令だとよ」

「辞令って……俺たち異動っすか？」

そんな急な……と戸惑う浅羽に、加地谷は頭を振った。

「詳しい話は署で、だとよ。とにかく戻るしかねえだろ」

「そうっすね。俺、運転します」

言うが早いか、浅羽は荷物をまとめて砂利道を駆けだした。加地谷は『変身』をしっかりと鞄に詰め込んで踵《きびす》を返し、桶《おけ》と柄杓《ひしゃく》を脇に抱えた浅羽を追って歩き出す。

だが、十メートルも行かぬうちに、ふと誰かに名を呼ばれたような気がして、加地谷は立ち止まった。振り返り、辺りに視線を巡らせる。すると、代わり映えのしない霊園の風景の中に、さっきまでは感じなかった人の気配があった。思わず目を瞬《しばた》いた加地谷は、元相棒が眠る墓石の側に、見覚えのある影を幻視する。

「……垣内？」

思わず息を吞《の》み、目をこすって瞬《まばた》きを繰り返す。ほんの一瞬、目にしたはずの人影は、既にどこにもなかった。

もし自分に戸倉孝一のような力があったら、今この瞬間、懐かしい顔を見ることができたのだろうか。そんな感傷に浸りかけ、加地谷は軽く肩をすくめた。

そんな必要はない。奴はきっと笑ってくれている。そしてきっと「行きますよ、悟朗さん！」なんて言いながら、背中を叩《たた》いてくれることだろう。

「カジさん、何のんびりしてんすか。また課長にどやされますよ！」

「うるせえな馬鹿野郎。ちょっと待ってろ」

喚くように言って、再び振り返った加地谷は、墓石の側、人影が立っていたであろう場所に向かって、

「じゃあな、相棒」

そう独り言《ご》ち、砂利道の上を走り出した。


（Ｂｏｏｋ２に続く）

参考文献

『変身』フランツ・カフカ／著　川島隆／訳　角川文庫　2022年
『フランケンシュタイン』メアリー・シェリー／著　芹澤恵／訳　新潮文庫　2014年
『FBI心理分析官　異常殺人者たちの素顔に迫る衝撃の手記』ロバート・K・レスラー&トム・シャットマン／著　相原真理子／訳　ハヤカワ文庫NF　2000年
『快楽殺人の心理　FBI心理分析官のノートより』ロバート・K・レスラー、ジョン・E・ダグラス、アン・W・バージェス／著　狩野秀之／訳　講談社　1995年
『不安症の事典　こころの科学増刊』貝谷久宣・佐々木司・清水栄司／編著　日本評論社　2015年
『面白いほどよくわかる！　臨床心理学』下山晴彦／監修　西東社　2012年

本書は書き下ろしです。

この作品はフィクションです。実在の人物、団体、場所とは一切関係ありません。

バベルの古書《こしよ》　猟《りよう》奇《き》犯罪《はんざい》プロファイル　Book《ブック》 1《変　身《メタモルフォーゼ》》

阿泉来堂《あずみらいどう》

角川ホラー文庫　　23829

令和５年10月25日　初版発行

発行者――山下直久

発　行――株式会社KADOKAWA

〒102-8177　東京都千代田区富士見2-13-3

電話 0570-002-301（ナビダイヤル）

印刷所――株式会社暁印刷

製本所――本間製本株式会社

装幀者――田島照久

◇◇◇

ISBN978-4-04-113865-6　C0193

角川文庫発刊に際して

角川源義

第二次世界大戦の敗北は、軍事力の敗北であった以上に、私たちの若い文化力の敗退であった。私たちの文化が戦争に対して如何に無力であり、単なるあだ花に過ぎなかったかを、私たちは身を以て体験し痛感した。西洋近代文化の摂取にとって、明治以後八十年の歳月は決して短かすぎたとは言えない。にもかかわらず、近代文化の伝統を確立し、自由な批判と柔軟な良識に富む文化層として自らを形成することに私たちは失敗して来た。そしてこれは、各層への文化の普及滲透を任務とする出版人の責任でもあった。

一九四五年以来、私たちは再び振出しに戻り、第一歩から踏み出すことを余儀なくされた。これは大きな不幸ではあるが、反面、これまでの混沌・未熟・歪曲の中にあった我が国の文化に秩序と確たる基礎を齎らすためには絶好の機会でもある。角川書店は、このような祖国の文化的危機にあたり、微力をも顧みず再建の礎石たるべき抱負と決意とをもって出発したが、ここに創立以来の念願を果すべく角川文庫を発刊する。これまで刊行されたあらゆる全集叢書文庫類の長所と短所とを検討し、古今東西の不朽の典籍を、良心的編集のもとに、廉価に、そして書架にふさわしい美本として、多くのひとびとに提供しようとする。しかし私たちは徒らに百科全書的な知識のジレッタントを作ることを目的とせず、あくまで祖国の文化に秩序と再建への道を示し、この文庫を角川書店の栄ある事業として、今後永久に継続発展せしめ、学芸と教養との殿堂として大成せんことを期したい。多くの読書子の愛情ある忠言と支持とによって、この希望と抱負とを完遂せしめられんことを願う。

一九四九年五月三日

ナキメサマ

阿泉来堂

恐ろしいほどの才能が放つ、衝撃のデビュー作。

高校時代の初恋の相手・小夜子《さよこ》のルームメイトが、突然部屋を訪ねてきた。音信不通になった小夜子を一緒に捜してほしいと言われ、倉坂尚人《くらさかなおと》は彼女の故郷、北海道・稲《いな》守《かみ》村に向かう。しかし小夜子はとある儀式の巫女に選ばれすぐには会えないと言う。村に滞在することになった尚人達は、神社を徘徊する異様な人影と遭遇。更に人間業とは思えぬほど破壊された死体が次々と発見され……。大どんでん返しの最恐ホラー、誕生！

角川ホラー文庫

ISBN 978-4-04-110880-2

ぬばたまの黒女《くろめ》

阿泉来堂

第40回横溝正史ミステリ&ホラー大賞読者賞受賞作家

妻から妊娠を告げられ、逃げるように道東地方の寒村・皆方《みなかた》村に里帰りした井邑陽介《いむらようすけ》。12年ぶりに会う同窓生たちから村の精神的シンボルだった神社が焼失し、憧れの少女が亡くなったと告げられた。さらに焼け跡のそばに建立された神社では、全身の骨が砕かれるという異常な殺人事件が起こっていた。果たして村では何が起きているのか。異端のホラー作家・那々木悠志郎《ななきゆうしろう》が謎に挑む。罪と償いの大どんでん返しホラー長編！

角川ホラー文庫

ISBN 978-4-04-111517-6

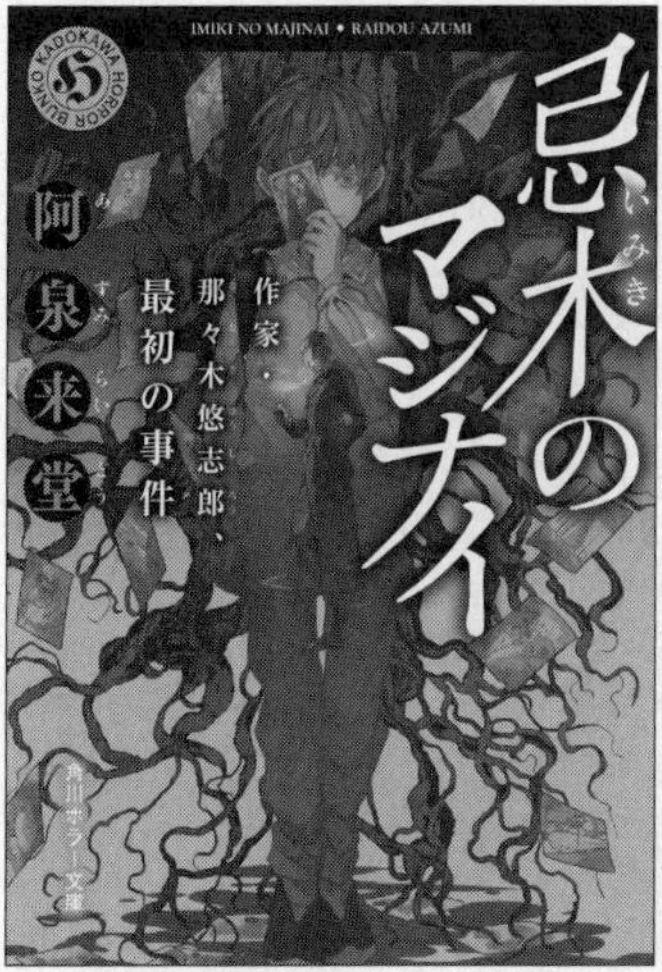

忌木《いみき》のマジナイ

作家・那々木悠志郎、最初の事件

阿泉来堂

神出鬼没のホラー作家・那々木の原点!

那々木悠志郎《ななきゆうしろう》の担当編集となった久瀬古都美《くぜことみ》は、彼の怪異初体験を題材にした未発表原稿を読むことに。それは小学6年生の篠宮悟《しのみやさとる》が、学校で噂の“崩れ顔の女”を呼び出してしまい、“呪いの木（忌木）の怪異”を調べる那々木悠志郎と共に怪異の真相に迫る物語だった。ところが原稿を読み進めるうちに古都美の前にも崩れ顔の女が現れ……。異端のホラー作家・那々木悠志郎の原点が描かれるシリーズ第3弾！　驚愕のラスト！

角川ホラー文庫

ISBN 978-4-04-111991-4

ON
猟奇犯罪捜査班・藤堂比奈子

内藤 了

凄惨な自死事件を追う女刑事！

奇妙で凄惨な自死事件が続いた。被害者たちは、かつて自分が行った殺人と同じ手口で命を絶っていく。誰かが彼らを遠隔操作して、自殺に見せかけて殺しているのか？新人刑事の藤堂比奈子らは事件を追うが、捜査の途中でなぜか自死事件の画像がネットに流出してしまう。やがて浮かび上がる未解決の幼女惨殺事件。いったい犯人の目的とは？　第21回日本ホラー小説大賞読者賞に輝く新しいタイプのホラーミステリ！

角川ホラー文庫

ISBN 978-4-04-102163-7

ISBN 978-4-04-102330-3

ISBN 978-4-04-107784-9

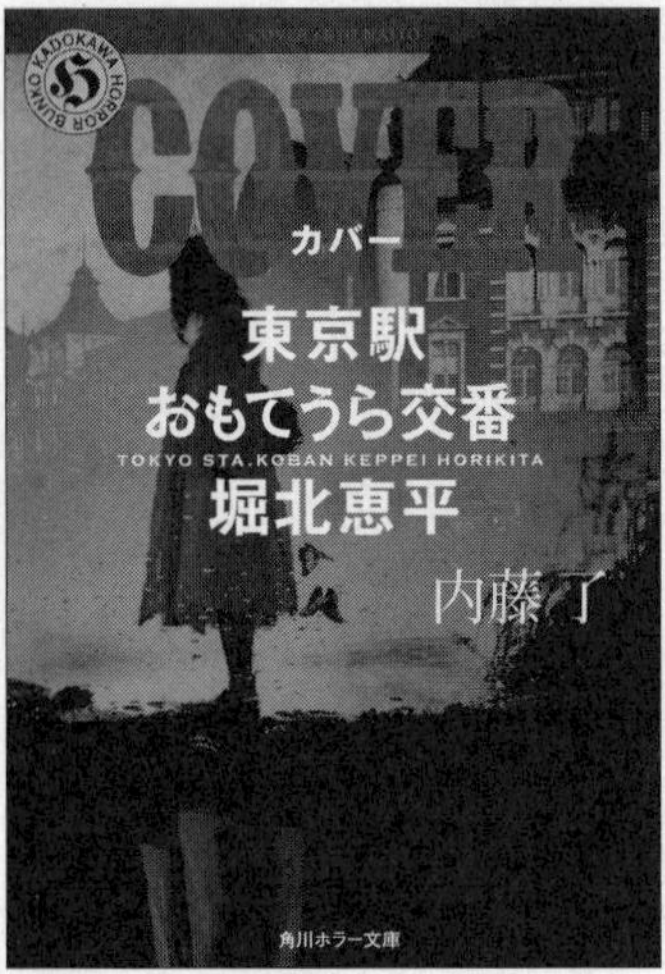

COVER

東京駅おもてうら交番・堀北恵平

内藤了

遺体のその部分が切り取られた理由は——

東京駅近くのホテルで死体が見つかった。鑑識研修中の新人女性警察官・堀北恵平《ほりきたけっぺい》は、事件の報せを受け現場へ駆けつける。血の海と化した部屋の中には、体の一部を切り取られた女性の遺体が……。陰惨な事件に絶句する恵平は、青年刑事・平野《ひらの》と捜査に乗り出す。しかし、またも同じ部分が切除された遺体が見つかり——犯人は何のために〈その部分〉を持ち去ったのか？「警察官の卵」が現代の猟奇犯罪を追う、シリーズ第２弾。

角川ホラー文庫

ISBN 978-4-04-107786-3